LE CONTRAT

HD ateliers henry dougier © 2021
7, rue du Pré aux Clercs – 75007 Paris

Création de la collection : Henry Dougier
Directrice du développement : Julie Rovero
Secrétariat général : Clémence Commelein
Correction : Marius Simon
Réalisation de la maquette : Nord Compo
Conception visuelle de couverture : Fabrice Rondon

Dépôt légal : mars 2021
ISBN : 979-10-312-0154-2
ISSN : 2554-4780
Imprimé et broché en France par l'imprimerie Corlet

LE CONTRAT

Maureen Demidoff

HD ateliers henry dougier

Créée en 2014, la maison d'édition **les ateliers henry dougier** souhaite « raconter » la société contemporaine dans le monde, en donnant la parole aujourd'hui à des témoins souvent invisibles et inaudibles : peuples, régions, métiers, catégories sociales ou générationnelles parlent ici de leurs valeurs, de leur mémoire, de leur imaginaire, de leur créativité.

Notre objectif : briser les murs et les clichés.

Chaque titre de cette collection est également disponible en **e-book**.

1.

« Quand tu auras vingt ans, nous te marierons. »

Ma mère m'avait prévenue. Ce jour-là, elle passa la tête par la porte entrouverte de ma chambre et annonça : « C'est une affaire réglée. » Puis elle retourna à ses occupations ménagères.

J'avais à peine eu le temps de lever les yeux qu'elle avait déjà disparu. Ma mère n'avait pas pris le ton de voix qu'elle utilisait pour me punir ou me gronder, mais celui qui ne tolérait ni questions ni commentaires. Malgré mon jeune âge, j'avais remarqué qu'elle ne possédait pas une gamme d'expressions très étendue. Pourtant, j'avais détecté dans sa voix une vibration inhabituelle, quelque chose de peu ordinaire. Ma mère semblait désemparée.

Bien plus tard, je compris que ce n'était pas parce que j'allais épouser un homme plus vieux que moi, un homme dont j'ignorais tout, du visage au nom, mais parce que marier sa fille à l'âge de vingt ans n'était pas très glorieux dans notre village où les filles étaient casées leur puberté à peine achevée.

L'homme que mes parents m'avaient choisi venait d'être condamné à treize ans de prison ; il s'était fait prendre pour une sombre histoire d'extorsion et de corruption. Nous devions donc attendre qu'il purge sa peine pour célébrer notre union.

Mon futur mari avait quarante ans quand il partit menotté entre deux policiers, et en aura cinquante-trois le jour de nos noces, organisées selon l'accord de nos familles. J'en aurai quant à moi tout juste vingt.

Pendant longtemps, je n'ai rien su de la promesse qui liait nos deux familles, et il n'était pas primordial pour mes parents de m'en informer.

« Cela ne te regarde pas », m'aurait rétorqué ma mère sans se soucier de l'absurdité de sa réponse.

Une fois son annonce faite, ma mère referma la porte de ma chambre et retourna dans sa cuisine. Je restai assise au milieu de mes poupées sur mon tapis rose aux fleurs violettes, et repris mon jeu avec mon chaton. À mon âge, cela ne voulait rien dire. Vingt ans… Autant dire une éternité.

*

Mon futur mari, dont j'ignorais même le prénom, n'était pas réputé pour être un homme honnête. Mais c'était un entrepreneur. Et, pour mon père et ma mère, Algerk et Desa Merco, cela rachetait toutes les escroqueries qu'il avait pu commettre. Mes parents plaçaient le chef d'entreprise au-dessus de tous les hommes dans la catégorie des puissants, au sommet de la hiérarchie de ceux qui peuplent notre pauvre village.

Je viens des montagnes, du territoire de Valbona et, sur nos sommets, l'honnêteté et l'intégrité n'ont jamais été des vertus très en vogue. Dans nos montagnes, être entrepreneur signifie être riche et respecté, et il importe peu que l'activité en question soit conforme à la morale et aux lois de la probité.

Pour mes parents qui n'ont jamais regardé au-delà des apparences, être entrepreneur est synonyme de pouvoir et d'autorité. Être entrepreneur va évidemment de pair avec une certaine richesse, ce qui sous-entend avoir des hommes à soi et, selon ma mère, au moins une femme de ménage et sans doute une machine à laver le linge, ce qui représente le summum du luxe pour elle qui s'use les mains quotidiennement dans l'eau bouillante et savonneuse des bassines.

Au-delà des Merco, tout le village s'entend pour vénérer l'homme d'affaires. Pour tous, il est un homme de pouvoir qui roule dans une grosse voiture noire aux vitres teintées, qui porte des costumes sombres et des chaussures vernies, et qui dégage une aura de mystère.

Depuis toujours, au village, il y a ceux qui sont respectés et craints, et ceux qui ne le sont pas. Ainsi, le commerçant – qui est pourtant un homme d'affaires – est bien moins estimé car ses activités sont connues de tous. Il est aussi plus modéré, moins tape-à-l'œil, et donc nettement moins impressionnant. Lui, mon futur mari, dont on ne savait rien en dehors du fait qu'il était un escroc, faisait partie de la première catégorie, celle des hommes respectés et craints.

« L'élite des hommes, le *must* », disait Desa en prononçant le *u* à la française.

Il faut savoir que, chez nous, il n'y a pas de beaux partis. Les hommes gentils ont la virilité douteuse, et les « cérébraux » comme dit dédaigneusement mon père en parlant des intellectuels – c'est-à-dire ceux qui sont allés jusqu'au secondaire, ce qui n'est pas rien pour notre village – sont suspects. Quant aux jeunes qui ont eu la chance de faire des études en ville, ils ne sont jamais revenus. Restent les crève-la-faim, les éleveurs de moutons, les ouvriers…

Alors tant pis si le futur mari n'était pas irréprochable, tant pis s'il devait aller en prison où il côtoierait des hommes plus malhonnêtes et plus dangereux que lui qui le rendraient encore moins fréquentable. Il n'était pas question de faire la fine bouche.

À cette époque, les Merco avaient beau regarder à des kilomètres à la ronde, il n'y avait pas un seul garçon libre de l'âge de leur fille, ni même à dix ou quinze ans près. L'Entrepreneur représentait donc une chance inespérée.

Certes, le mariage se ferait tardivement. Et avec un homme fraîchement sorti de prison, certainement devenu un animal à force d'enfermement. Mais, lorsque ce jour viendrait, le village ne retiendrait que l'essentiel : notre famille s'unissait à un homme riche et puissant.

Au moment de l'accord, qui coïncida avec l'emprisonnement de l'Entrepreneur, la famille de ce dernier promit de faire tourner ses affaires, et jura à mes parents, la main sur le cœur, qu'elles ne cesseraient de prospérer.

Algerk, éleveur de moutons reconverti en ouvrier dans la nouvelle usine de ciment qui s'était implantée plus bas dans la vallée, avait l'impression de faire une bonne affaire.

Desa, elle, jubilait.

Enfant, je ne me suis jamais demandé si mes parents m'aimaient. Les enfants ne remettent pas en cause l'amour de leurs parents, et ignorent où se situe la normalité dans la démonstration de leurs sentiments et dans celle de leurs engagements. Leurs décisions ne peuvent être que bonnes ou, en tout cas, elles sont celles qui doivent être prises.

Et puis, dans mon village, depuis toujours, on obéit à son père et on craint sa mère.

*

Deux années après l'annonce, je devais avoir à peine neuf ans, quelque chose dans le journal attira l'attention de mon père. Il fumait une cigarette dans son fauteuil préféré, celui placé juste devant la télévision, quand je le vis se figer. Je jouais à ses pieds avec mon chat quand il laissa tomber son journal devant moi. Il se leva d'un bond et quitta la pièce.

Sur l'une des pages du journal, il y avait une photo. Un homme avec une épaisse moustache noire regardait fixement l'objectif et semblait narguer la terre entière.

Au-dessus de la photo, un titre en caractères gras : « L'Épervier s'est envolé ». Les sous-titres laissaient entendre que l'Épervier était le monsieur moustachu de la photo, et qu'il s'était enfui au nez et à la barbe de ses gardiens, apparemment aidé par des complices à l'intérieur de la prison.

Je ne compris pas grand-chose à ce qui était écrit, ni pourquoi mon père avait été si bouleversé, et si cela avait un lien avec le monsieur au nom d'oiseau. Je repoussai seulement le journal. Mon chat se rua sur les feuilles éparpillées et je roulai par terre avec lui.

2.

L'homme à qui je raconte mon histoire a l'air épuisé. Il me regarde sans comprendre où je veux en venir.

« Si vous pouviez éviter les digressions, ce serait plus commode », grogne-t-il.

Quand je termine enfin mon récit, je le regarde fixement dans les yeux.

— Alors, vous allez m'aider à le retrouver ?

— Qui ça ? L'oiseau ?

— Oui. L'oiseau.

Le commissaire n'en revient pas. Il se hâte de dire qu'il ne connaît pas l'Épervier, il n'en a même jamais entendu parler. Il ne connaît d'ailleurs aucun oiseau de son espèce.

Et pourquoi vouloir retrouver un homme qui n'est pas fréquentable, un bandit sûrement très dangereux ?

Il décale la chaise de son bureau pour m'examiner de la tête aux pieds : j'ai pourtant l'air respectable.

« Et puis rien ne prouve que l'Épervier soit votre futur mari », finit-il par lâcher.

Je souris. Le commissaire avait beau bâiller pendant que je lui racontais mon histoire, il m'avait tout de même écoutée.

J'emprunte alors le ton de voix qu'utilise ma mère quand elle n'admet aucune contestation, et affirme la tête haute :

« Je sais que c'est lui. »

Et je reprends mon récit.

*

Quelques jours après le comportement étrange de mon père, ma mère déposa un cadre sur le buffet de la cuisine. Un cadre en argent avec des motifs ciselés tout autour. Un objet chic pour notre famille.

La photo de l'homme à la moustache avait été découpée du journal et encadrée. C'était la seule et unique photo que ma mère n'avait jamais exposée dans notre maison. Les autres, celles de ma petite enfance ou du mariage de mes parents, jaunissaient entre les pages de vieux albums en plastique.

J'étais fascinée par le visage à la moustache.

La photo dans le cadre avait beau être froissée, l'homme avec ses yeux de rapace ne nous quittait pas du regard lorsque nous étions dans la pièce. Il assistait à nos repas, il écoutait nos conversations, et je comprenais que mes parents n'avaient plus aucun secret pour lui.

Je le devinais très important pour trôner ainsi sur notre buffet, et surprenais même parfois ma mère en train de lui parler. Mais quand je demandais qui était ce monsieur en posant mon doigt sur le cadre argenté, elle me répondait invariablement en me bousculant : « Ne touche pas, Nina ! Tu vas salir. »

Ma mère avait pris l'habitude de parlementer avec l'homme à la moustache. Elle lui ordonnait de revenir fissa au village, que tout riche et tout puissant qu'il était il avait intérêt à se présenter à sa porte le moment venu pour honorer sa promesse. Il pouvait bien s'être envolé de sa prison, nicher loin de leur village le temps de se faire oublier, elle, elle l'attendrait. Et les années qui passeraient ne lui feraient pas oublier leur serment.

Elle comprenait qu'il doive se cacher, le félicitait pour son évasion, louait même son acte de bravoure, mais n'admettait pas que sa famille nous ait désertés.

Elle le chapitrait durement et quotidiennement, et j'ai toujours été persuadée que ma mère ne ferait qu'une bouchée de cet homme s'il lui désobéissait.

Si Desa ne semblait pas craindre l'homme à la photo, Algerk, lui, se montrait plus méfiant. Il restait distant et ne lui adressait jamais la parole. Il feignait surtout d'ignorer ses yeux qui le suivaient partout, de la cuisine au salon, du salon à la cuisine. Et les rares regards qu'il lui jetait étaient mêlés de reproches et d'inquiétude.

Avec le temps, dans le cadre en argent ciselé, le papier journal de mauvaise qualité finit par jaunir. Le visage de l'homme s'effaça lentement pour ne laisser que la trace sombre de ses cheveux et une épaisse ligne grise à l'emplacement de sa moustache, au centre de la photo.

J'ai grandi sous les yeux de cet homme qui est devenu, au fur et à mesure des années qui passaient et de l'image qui s'estompait, un ami de la famille, un oncle lointain, l'ennemi juré de ma mère, puis une simple moustache.

Les voisines qui visitaient régulièrement Desa soupiraient bruyamment en passant devant la photo délavée. Elles plaignaient notre famille à l'intérieur de la maison, et se réjouissaient de notre mésaventure dès qu'elles avaient mis un pied au-dehors.

— Marier sa fille pour s'enrichir comporte des risques, ironisaient les visiteuses une fois franchi le seuil de la maison.

— La malheureuse Nina va leur rester sur les bras. Elle est pourtant jolie, la gamine, regrettaient les plus gentilles.

— Pas sûr qu'il revienne pour la petite, la famille est trop dans la gêne, rétorquaient les plus mauvaises.

Ma mère, qui entendait tout, enrageait et se précipitait pour fermer portes et fenêtres dans un grand vacarme.

Mon père, lui, ne disait rien et se montrait patient.

« Il va revenir, répétait-il. Une promesse est une promesse. Et la noce n'est de toute façon pas pour demain… »

C'est ainsi que je compris que l'Épervier et mon futur mari ne faisaient qu'un.

*

— D'accord, d'accord… Mais pourquoi voulez-vous le retrouver ?

— J'ai dix-huit ans. Dans deux ans, j'aurai donc vingt ans !

Le commissaire est abasourdi.

— Vous voulez vraiment l'épouser ?

— Il le faut.

Dubitatif, il se passe la main dans les cheveux, puis il secoue la tête d'un air désolé. Cette affaire ne vaut rien et le commissaire a d'autres chats à fouetter. Pour me le dire, il prend un air décontracté.

— Bah, ne vous inquiétez pas, il reviendra très certainement à la date promise. Il se pointera à la porte de vos parents et vous pourrez épouser votre Épervier. Mais, quand même, il ne sera plus tout jeune…

— Et s'il ne revient pas ?

Un geste vague de la main.

Je répète encore une fois.

— S'il ne revient pas, que vais-je faire ?

— Eh bien, vous en épouserez un autre. Un plus honnête et un plus jeune, voilà tout ! s'agace le commissaire.

— Impossible !

— Alors, dites à votre mère de renoncer à ce projet.

— Impossible, je vous dis ! On ne peut défaire une promesse, et encore moins revenir dessus.

Le commissaire n'a pas l'air de comprendre.

Je lui rappelle alors que mes parents et l'Épervier sont engagés devant les yeux du monde. Je n'ai pas le choix. Je dois impérativement me marier dans deux ans avec cet homme. En dépend l'honneur de mon père, la santé de ma mère, et ma liberté en tant que fille et en tant que femme.

Mes mots amusent le commissaire.

Je relève le menton et répète que je suis la seule fille au village dont le sort est incertain. Une honte pour mes parents ! Les voisines avec leurs mines hypocrites rient trop fort de ma mère et la font souffrir de sa malchance. J'admets qu'elle aurait dû être plus modeste, éviter de parader quand elle a conclu les noces de sa fille comme quand on signe un contrat lucratif.

J'ajoute que Desa regrette amèrement ses bavardages depuis que le contact avec la famille de l'Entrepreneur a été rompu. Je le précise autant pour adoucir le portrait de ma mère auprès du commissaire que pour justifier ma requête.

Je lui raconte que les premiers temps, bien avant l'évasion, les frères et la mère de l'Épervier visitaient régulièrement notre famille. Ils venaient s'enquérir de la santé de « la petite fiancée » et apportaient des friandises. Leur voiture noire garée devant la maison faisait grande impression.

Ces jours-là, Algerk ouvrait largement les fenêtres de la cuisine pour que le village tout entier entende le bruit des bouchons qui s'échappaient des bouteilles. Alors les langues s'arrêtaient de remuer, et le village qui respectait l'Entrepreneur s'inclinait devant mon père.

Mais, après l'évasion, la voiture noire s'est faite de plus en plus rare, jusqu'à disparaître définitivement de notre cour. Et les envieuses commencèrent leurs persiflages.

Certaines dirent que l'Entrepreneur ne reviendrait pas parce qu'il s'était marié avec une actrice américaine.

D'autres affirmèrent que c'était avec la fille d'un autre grand entrepreneur, encore plus riche et plus dangereux que lui. Qu'il s'était marié avec une femme de sa trempe et de son sang, et qu'il fallait vraiment être naïf pour croire qu'il reviendrait épouser une malheureuse à peine jolie.

Il y a quelques années de ça, les gens étaient indulgents. Ils étaient impressionnés par le contrat passé avec l'Entrepreneur et se fichaient pas mal que la petite fiancée ait juste sept ans. Ils saluaient et jalousaient la position privilégiée de notre famille, et ce surtout lorsque l'Entrepreneur quitta la région menotté entre deux policiers. Le futur mari était un escroc qui allait faire de la prison, c'était la preuve que l'homme était vraiment puissant.

Peu importaient les années à attendre mes vingt ans, les collègues d'usine de mon père et les derniers éleveurs de moutons calculaient déjà les retombées économiques de mes noces sur le village.

Ils planifiaient, excités, l'amélioration des routes, la réfection des bâtiments agricoles, et pourquoi pas un nouveau percolateur pour le café. Les voisines rêvaient d'une laverie automatique et d'un véritable salon de coiffure avec des casques chauffants et des produits américains pour permanentes.

Chacun y allait de ses envies, l'Entrepreneur paierait. Mes noces représentaient l'espoir d'une vie plus confortable et plus prospère, et tous se fichaient qu'il s'agisse de l'alliance d'un bandit et d'une fillette.

*

Le commissaire m'écoute toujours, son corps désormais avachi au fond de son fauteuil.

Je poursuis et raconte le village de mes parents. Le premier juste après le brouillard de la plaine.

Petit et biscornu, avec sa place centrale carrée et bordée de vieux platanes. À l'ombre des arbres s'abritent les commerçants. Le boulanger, le boucher, la couturière, et le coiffeur qui cache une petite épicerie derrière son rideau de perles, avec des étagères recouvertes de produits alimentaires et de boîtes de conserve.

Pour le reste, les gens se fournissent les jours de marché sur la place centrale, deux fois par semaine. Les cuvettes en plastique empilées près des produits ménagers, les fruits et les légumes près de la lingerie féminine et du matériel agricole.

Un peu plus haut se trouve le lieu des prières. Fait de bric et de broc, il a été aménagé dans un ancien moulin abandonné. La pièce à moitié vide compte des chaises dépareillées, souvent cassées et apportées par les gens pour s'en débarrasser. Des encensoirs bouchés et vides d'encens, et une vieille relique constituée d'un seul os qui aurait appartenu au plus vieux berger de nos montagnes – à moins que ce ne soit à l'un de ses moutons. Les hommes du village qui ont des questions auxquelles les Anciens ne peuvent pas répondre vont directement interroger le vieux berger sur sa tombe. Sa canne plantée dans la terre à côté de sa pierre répond selon son humeur. Les questions doivent être claires et précises. La canne bouge pour un *oui* et reste immobile pour un *non*. Le vieux dans sa tombe n'approfondit jamais plus.

Enfin, dans une petite niche creusée dans le mur se trouve notre *Coutumier*. Un livre rare et sacré auquel les hommes se réfèrent en cas de litiges, mais aussi pour des questions d'organisation sociale et familiale. Ce livre est le plus précieux du village. C'est lui qui dicte la loi. Il renferme nos mœurs, nos coutumes, nos traditions et toutes les règles qui se transmettaient avant lui à l'oral dans nos montagnes depuis des générations.

Impossible de savoir quel dieu ou quel messie abrite ce lieu des prières. Il n'est jamais fréquenté. Seuls les jeunes viennent y cacher leurs amourettes et leurs ivresses – les premières allant souvent de pair avec les dernières.

Le dernier représentant de Dieu envoyé par la ville – un prêtre ou un imam – a foutu le camp il y a des années, froissé par la froide indifférence du village. Il est parti en claquant la porte sous les regards insolents des gens. Du café, les hommes impassibles l'avaient observé se démener avec ses valises trop lourdes qu'il traînait péniblement derrière lui. Furibond, le représentant de je-ne-sais-quel-dieu s'était retourné vers eux et avait violemment jeté à leurs pieds le *Coutumier* du village, son unique rival. Les hommes n'avaient pas bronché. L'un d'entre eux s'était juste levé pour ramasser le livre et était retourné s'asseoir auprès de ses compères. Le représentant avait quitté le village hagard et outragé, et les vieux avaient craché de concert dans la poussière : « Bon débarras ! »

J'explique au commissaire que dans nos montagnes on se réfère à notre droit coutumier ou à nos Anciens. Certainement pas à un homme qui vient de la ville, envoyé par je-ne-sais-qui. Et je hausse les épaules pour pointer l'absurdité de la situation.

Et puis il y a le café. Le lieu le plus important du village. Il est tenu par la même famille depuis des générations, et se transmet de père en fils. Pas de femme derrière le comptoir, pas une femme dans la salle. Les hommes, depuis leurs tables bien alignées sur la terrasse, observent les mouvements du village, et ce toute la journée. Ils regardent et ils commentent.

Le café est l'endroit où tout se raconte, le vrai comme le faux. Et le faux plus souvent que le vrai. Et si les femmes y sont absentes, les hommes leur gardent une place de choix en répétant ce qu'elles murmurent nuit et jour à leurs oreilles. Leur parole y est donc largement représentée.

Je reprends mon souffle.

« Vous n'imaginez pas ce que peut raconter un village qui a perdu ses illusions. Tout ça parce que la famille de l'Entrepreneur a déserté notre ferme. »

Le commissaire hoche la tête : non, il ne sait pas.

« Les hommes déçus et les femmes aigries deviennent féroces. Chaque regard est un reproche, chaque geste est une insulte. Même les chiens, par mimétisme, vous regardent de travers. »

Le commissaire se redresse dans son fauteuil. Il ne connaît que la ville et ne s'aventure jamais vers les sommets. Il dit qu'il a le vertige et que les routes de montagne lui donnent mal au cœur.

« Que les habitants vous en veuillent, c'est bien normal. On ne fait pas des promesses en l'air », hasarde-t-il.

Malgré le reproche, il me dévisage avec douceur. Je lui confie alors que ma mère est morte pour le village. Exclue socialement. Mon père, qui est moins fier, côtoie toujours ses collègues de travail. Les hommes entre eux sont moins cruels. Mais tant que l'Entrepreneur ou sa famille ne montrera pas de signe de vie et ne rassurera pas le village sur notre mariage, il n'y aura plus de place pour eux sur les sommets.

— Pourquoi ne restez-vous pas en ville ? demande le commissaire d'une voix lasse.

— Le lycée est terminé et je dois rentrer. Je pars demain pour la ferme. Mais tant que cette histoire ne sera pas réglée, je ne pourrai pas avancer.

— Mais depuis combien de temps recherchez-vous cet homme ?

J'avoue que je viens de le décider. C'est peut-être récent mais c'est maintenant la chose la plus importante à faire pour moi, et plus rien ne compte à part ça.

— Et qu'est-ce qui vous fait croire que l'homme ne viendra pas dans deux ans comme il l'a promis ?

— Rien. Mais sa famille ne vient plus nous visiter depuis longtemps. Bientôt dix ans que nous ne l'avons pas vue. Ni les frères ni la mère. Je préfère prendre les devants et aller le chercher moi-même.

Le commissaire incline la tête sur le côté. Il ne comprend rien à cette histoire. Mais parce que j'ai l'air déterminée, il essaiera quand même de m'aider.

Il est néanmoins embêté : il ne sait pas où chercher. L'affaire de l'Épervier n'est pas récente et il n'était pas en poste quand l'Entrepreneur a été arrêté.

Qui sait où il se cache désormais ? Après toutes ces années…

Le commissaire est malgré tout perplexe : « Quelle idée de courir après un oiseau ! »

3.

L'autocar qui me ramène au village soulève tellement de poussière que les maisons disparaissent sur son passage. Je ne reconnais le paysage que lorsqu'il s'arrête devant la ferme de mon père, la première à l'entrée du village.

La ferme n'est pas belle. Elle le fût du temps des moutons, mais elle a perdu son âme le jour où mon père a troqué son costume de paysan pour celui d'ouvrier.

La bergerie a été reconvertie en garage depuis qu'Algerk travaille à la cimenterie et qu'il bricole des moteurs pour arrondir ses fins de mois. Le champ d'à côté a été transformé en décharge, et la tôle froissée éparpillée des voitures remplace les moutons. Du jour au lendemain, le bruit des métaux a remplacé le bêlement des bêtes, et l'odeur de cambouis et de rouille celle du foin et de la laine.

À mon arrivée, les voisines sont là. Elles ont les bras chargés et leurs cabas gonflés d'un jour de marché.

Elles m'observent en silence descendre du bus et perçoivent mon hésitation. Elles savent que je reviens de la ville où j'ai terminé ma scolarité. Pas une d'entre elles n'est allée au lycée. Cela me vaut un petit sourire amical. Elles me reconnaissent au moins ça : je ne suis pas si bête.

Je ne suis pas revenue au village depuis que j'ai été envoyée à la ville il y a trois ans de ça. Je ressens une émotion particulière en m'approchant de la ferme. Je m'arrête au niveau du grand portail et regarde l'ensemble. Je cherche ce qui a changé pendant mon absence.

Je m'étonne d'éprouver du plaisir à retrouver cet endroit familier, alors que je sais que je n'y suis plus la bienvenue.

Mon chat se précipite vers moi pour m'accueillir et se frotte contre mes jambes. Je l'attrape en riant, heureuse de le retrouver. Il est vieux et devenu gros à force de dormir. Je colle mon nez contre son poil pour respirer son odeur, et le serre contre moi pour puiser à son contact la force d'avancer.

Je pousse enfin la porte d'entrée, non sans avoir jeté un dernier coup d'œil inquiet à la façade de la maison, mon chat serré sur ma poitrine comme un bouclier contre mon corps. La maison est silencieuse et sent le renfermé. La cuisine et le salon sont déserts.

Le cadre en argent ciselé est toujours posé sur le buffet, mais il n'y a plus aucune trace de la moustache sur la photo. Le portrait de l'homme s'est envolé et le cadre abrite désormais un bout de papier grisâtre ayant perdu tout intérêt.

Le pas de mon père dans l'escalier annonce son arrivée. Algerk pénètre dans le couloir et se dirige vers moi. Arrivé à ma hauteur, il pose sa main sur mon épaule qu'il serre un peu.

« Ne fais pas de bruit, ta mère se repose », me dit-il seulement.

Sans plus s'attarder, il va dans la cuisine se servir un verre d'eau au robinet.

Je dépose mon chat sur le buffet.

— Elle est malade ?

Mon père lave son verre, l'essuie et le range dans le placard.

— Elle est fatiguée. Ne fais pas de bruit, finit-il par dire.

Puis il sort de la maison en s'excusant :

« J'ai à faire, un moteur… »

Je reste immobile à regarder la porte d'entrée qui vient de se refermer. Mon père n'a pas souhaité m'accueillir. Pas un mot sur le lycée, sur mon diplôme réussi avec mention, sur ce qu'a été ma vie à l'internat. Cela fait trois ans que je n'ai pas vu mes parents. Trois ans que je ne suis pas rentrée parce que ma mère ne le voulait pas.

La froideur de mon père et le silence de la maison me donnent envie de fuir. Par réflexe, j'attrape mon chat et l'emmène avec moi à l'étage. Je retrouve ma chambre avec mes jouets d'enfant et mon lit décoré du même couvre-lit violet assorti au tapis. Rien n'a changé, rien n'a été déplacé. La maison tout entière s'est figée dans l'attente de la concrétisation de la promesse, et se réveillera dans deux ans, peut-être, si l'homme vient frapper à notre porte. Pas avant.

Je n'ose pas aller voir ma mère qui se repose dans sa chambre, juste à côté de la mienne. Je voudrais pourtant lui dire que les voisines m'ont souri. Au lieu de ça, je passe mon après-midi étendue sur mon lit, à guetter un bruit ou un mouvement autour de moi qui pourrait me réconforter. Mais il n'y a que le silence. Je finis par m'endormir contre mon chat.

Je me réveille lorsque mon père fait claquer la porte du bas. L'oreille tendue, j'entends ses pas traînants dans le couloir, puis dans la cuisine. Le bruit de la vaisselle qu'il sort du placard, l'eau qui coule du robinet et qui remplit le verre. J'imagine ses gestes. Son corps qui se penche au-dessus de l'évier pour se décrasser de la poussière, ses mains qui frottent son visage, son cou, le derrière de ses oreilles, puis le torchon suspendu au clou qu'il attrape et qu'il laisse traîner sur le rebord de l'évier.

J'écoute le souffle retenu et pesant de la maison.

De l'autre côté du mur, ma mère reste muette. Elle sait pourtant que je suis de retour.

Réveillé, mon chat s'étire et saute au bas de mon lit pour faire sa toilette. Puis il se poste devant la porte de ma chambre pour me signifier qu'il veut sortir. Je reste un instant à le regarder, mais il miaule en me fixant de ses grands yeux : « *Qu'attends-tu ? Il faudra bien que tu sortes de là à un moment ou à un autre !* »

Je me lève, ouvre la porte, et d'un pas lourd je descends l'escalier. Je trouve mon père dans la cuisine en train d'éplucher des légumes. Je tire une chaise et m'installe en face de lui.

— Papa, pourquoi maman est-elle encore dans sa chambre ?

Au lieu de me répondre, mon père repousse son tas de légumes vers moi et me tend l'économe.

— Rends-toi utile, Nina.

— Je pourrai aller la voir ?

— Plus tard. Elle est fatiguée.

Je l'aide à éplucher les légumes sans prononcer un mot. Une fois terminé, je les plonge dans une grande casserole d'eau salée pour en faire un potage. Je nettoie ensuite la table et, en gardant le chiffon serré entre mes mains, j'avoue tristement à mon père que je ne m'attendais pas à cet accueil. Pas après trois ans d'absence.

« La maison semble morte… »

Mon père est épuisé. Il se lève en soupirant et pose sa main sur mon épaule comme il le fait depuis que je suis petite. C'est son geste avec moi. Il ne me parle pas, ou très peu, mais quand il pose sa main sur mon épaule, il me dit sa tendresse et son soutien. Il ne voit pas que j'ai grandi, et ignore que ce geste silencieux ne me suffit plus.

Je me dégage doucement et raconte le sourire des voisines lors de ma descente du car.

— C'est bien, non ?

Mon père hausse les épaules.

— Je ne sais pas, ma fille.

— Tu sais, rien ne dit qu'il ne viendra pas. Je n'ai pas encore vingt ans.

Mais mon père n'y croit plus. Trop d'années ont passé. L'alliance ne sera pas tenue, il en est convaincu. Peu importe les combines malhonnêtes de l'homme à la moustache, son crime le plus grave sera de ne pas avoir honoré sa promesse. Cet homme n'a aucune parole et aucun honneur.

« L'Entrepreneur est véritablement un escroc », admet-il cette fois sans fierté.

Nous dînons tous les deux en silence. Murés dans nos pensées et nos prières qui tournent inévitablement autour de l'Entrepreneur.

Un léger grincement venant du plafond nous fait lever la tête.

— Elle est réveillée ! m'écrié-je.

— D'accord, allons-y.

Je monte les escaliers dans les pas de mon père. Et malgré l'impatience de revoir ma mère, je me raidis lorsqu'il ouvre la porte de sa chambre. Il fait sombre à l'intérieur, elle a fermé les volets, les fenêtres sont closes, et une forte odeur de renfermé imprègne la pièce.

Mon père entre et allume la petite lampe de chevet. Il s'assied au bord du lit, contre le corps de sa femme, et l'embrasse sur le front.

— Nina est rentrée, lui murmure-t-il avec tendresse en me désignant d'un geste.

Restée sur le seuil de la chambre, je m'approche pour l'embrasser à mon tour.

— Bonjour, Maman.

Mais le regard glacial de ma mère sur moi me fait aussitôt reculer. Je parviens à peine à articuler :

— Papa dit que tu es fatiguée.

— Je suis souffrante, me rabroue-t-elle en se relevant sur ses oreillers.

Puis, sans un regard pour moi, elle commande qu'on lui apporte de quoi manger. Elle a faim.

Mon père se retourne vers moi, et je comprends que je dois m'en occuper.

Je retourne dans la cuisine. Sur un plateau, je dispose un bol de soupe, un morceau de pain, et j'ajoute la dernière pomme que je trouve dans la corbeille de fruits.

Que puis-je dire à ma mère pour qu'elle sorte de son lit ? Bien sûr, je peux lui confier que je suis sur la piste de l'Entrepreneur grâce à un gentil commissaire, tout ça pour qu'elle ne soit plus à la merci des commères.

Je peux aussi lui dire que les voisines m'ont souri.

Je me persuade que ma mère comprendra que je suis de son côté, et qu'il n'y a aucune raison pour qu'elle me tienne responsable de la situation. En fin de compte, je suis la principale victime de cette histoire puisque rien ne garantit que je serai bientôt mariée et tirée d'affaire. Mes pensées se bousculent dans ma tête lorsque je remonte l'escalier. Mais, en poussant la porte de la chambre, l'odeur fétide me surprend de nouveau et m'écœure. Tout me rebute dans cette pièce, l'odeur, l'obscurité, et jusqu'au corps amaigri de ma mère alitée. Je préfère me taire.

Je dépose délicatement le plateau sur la couverture qui recouvre ses jambes, et reste plantée à côté du lit les bras croisés sur la poitrine.

Ma mère en profite pour m'examiner de la tête aux pieds.

« T'as l'air maigre », dit-elle d'un ton âcre.

Je murmure que je n'ai manqué de rien à l'internat, et recule pour me placer le plus loin possible d'elle, derrière le bois de son lit.

Penché sur sa femme, mon père lui parle avec douceur. Je le regarde lui caresser les cheveux et lui murmurer des mots tendres. Il lui recommande de se lever, il lui dit qu'elle irait mieux si elle prenait un peu l'air.

Desa grimace. Elle ne sait pas. Peut-être. Demain. Un autre jour. Elle verra.

Puis elle attrape son bol de soupe, et nous la regardons manger en silence. Son bol terminé, elle le pose sur le plateau qu'elle repousse d'une main blanche. Elle n'a déjà plus faim.

— Tu comptes rester ? me demande-t-elle soudain.

Je ne comprends pas.

— Quoi ?

— Tu comptes rester ? À la maison. Avec nous.

— Mais où veux-tu que j'aille ?

Désarçonnée, je me tourne vers mon père, mais il ne me regarde pas. Au lieu de ça, il observe les doigts de sa femme qui tirent nerveusement le bout de son drap comme si c'était la chose la plus captivante au monde.

— Alors ? s'impatiente ma mère.

Ne sachant quoi répondre, je bredouille que le lycée est terminé. Et, d'une petite voix, je lui annonce que j'ai obtenu mon diplôme avec le vague espoir qu'elle soit un peu fière de moi.

Fallait-il être bête ! Ma mère à moitié analphabète se fiche bien de mes résultats. Alors j'ajoute que je suis en vacances. Je ne suis pas encore inscrite pour des études supérieures mais je compte bien continuer. Mes professeurs m'y encouragent. Mais ce ne sera pas avant septembre et, d'ici là…

Je croise le regard mauvais de ma mère et murmure piteusement en regardant mes pieds :

— Avec mention. Le diplôme…

— Ton retour au village inquiète beaucoup ta mère, intervient mon père pour me faire taire.

Desa continue de triturer le bout de son drap comme si elle voulait le déchirer.

— Tu comptes rester jusqu'à quand ? insiste-t-elle.

Sa voix trop aiguë me saisit.

— Je ne sais pas…

Je me tourne encore une fois vers mon père dans l'espoir d'y trouver un peu d'aide. À la place de quoi, j'entends cet ordre qui me bouleverse :

— Sors de cette chambre, tu épuises ta mère.

Je reste un moment interdite, le temps de saisir l'injonction brutale de mon père. Puis je lui obéis et me réfugie dans la cuisine.

Là, j'attrape la casserole et trempe mes doigts dans le potage avant de les lécher, un à un, méticuleusement. Je n'ai pas faim, mais je m'installe quand même à table pour finir les restes de notre repas. Et tout en léchant consciencieusement le potage qui coule le long de ma main, je me promets de ne pas pleurer.

Je me demande où se situe le point de non-retour qui fait que l'on se fiche de tout, et plus encore de ceux qui nous font souffrir. À quel moment se sent-on complètement détaché de ce qui nous arrive ? L'insensibilité que j'éprouve parfois me laisse penser que je n'en suis pas loin. Je ne souffre pas. Je me détache, je m'envole, et cette désertion me fait l'effet d'une anesthésie chaude et rassurante qui pénètre mon corps tout entier. Comme j'aimerais parfois rester dans cet état cotonneux… cet état qui me permet de me lécher les doigts recouverts de potage et d'en apprécier le goût. Ainsi, je ne crains pas d'entendre les mots durs parce que je sais que je n'en mourrai pas.

Cela faisait trois ans que je n'avais pas vu ma mère. Trois ans que je n'avais pas enduré son regard. Les années ont passé, mais Desa a gardé le même ton acerbe, la même haine à mon égard et la même insatisfaction. Et je pense amèrement qu'il n'y a pas de raison pour que cela change.

Quant à mon père, que puis-je en dire, sinon que la lâcheté est beaucoup moins digeste que la méchanceté ?

La cuisine est plongée dans l'obscurité mais je n'allume pas le plafonnier. Dans cette maison, je préfère depuis longtemps rester invisible.

Ma chambre à l'internat avec ses murs recouverts des photos de mes camarades de lycée me semble soudain irréelle, et je me demande l'espace d'un instant si j'y ai vraiment vécu.

4.

Les retrouvailles avec ma mère ont été ce qu'elles ont été. Il n'y a rien à en dire, et j'ai appris il y a longtemps que pleurer ne servait à rien. Je dois agir pour me sauver, et c'est ce que je fais en mettant le commissaire sur les traces de mon oiseau. Je prie pour qu'il ne se soit pas envolé trop loin, et que je puisse le ramener facilement à la maison. Et puis les rumeurs des voisines m'ont affolée : je ne ferais pas le poids face à une actrice américaine.

Pour avancer dans mes recherches, j'envisage de visiter ma future belle-famille. Comme mes parents, elle subira les conséquences d'un déshonneur si la promesse criée sur tous les toits n'est pas respectée. J'imagine donc qu'elle sera mon alliée dans ma recherche du fils envolé.

Tôt le lendemain matin, je frappe à la chambre de mes parents. Mon père est déjà parti à l'usine, je l'ai entendu quitter la maison, et je m'efforce d'affronter seule ma mère. Je veux savoir où chercher la famille de l'Entrepreneur.

Je respire profondément en posant la main sur la poignée et entre. Ma mère, sourcils froncés, me dévisage. On dirait qu'elle va mourir. Me retrouver face à elle m'oppresse sans que je sache si c'est le manque d'amour à mon égard qui me pétrifie, ou si c'est la honte d'être l'objet de sa malchance. Je ne sais plus comment me comporter en sa présence. Desa a perdu son identité de mère depuis qu'elle m'a chassée de la maison.

Je tente de prendre un ton léger et lui suggère d'ouvrir la fenêtre. Il fait si bon dehors… Puis je lui propose de m'accompagner au village. Marcher lui fera du bien. C'est papa qui le dit. Et ce serait bien que les voisines nous voient ensemble, non ?

Incrédule, ma mère me regarde comme si elle avait affaire à une demeurée.

« Pour qu'elles cancanent davantage ! Ma pauvre fille, tes années au lycée ne t'ont pas rendue plus intelligente. Et ne va pas te faire remarquer », me reprend-elle, menaçante, en se redressant.

Je fais non de la tête.

Le ton de ma mère est celui qui n'admet aucune réplique. Puis je referme doucement la porte sans oser lui demander si elle sait où vivent les frères et la mère de l'Épervier.

*

Le village sent l'odeur de l'été et, selon la direction du vent, on peut encore percevoir des effluves légers du parfum des moutons et des foins. Je respire à pleins poumons les odeurs de mon enfance.

Mon chat qui me suivait a préféré rebrousser chemin. Il s'est assis sur un muret au soleil où il restera à m'attendre en faisant sa toilette. Lui aussi se méfie du village. Il me regarde m'éloigner d'un œil torve. « *Méfie-toi, ta mère t'arrachera les yeux si tu fais des histoires.* »

La place est calme et baignée de soleil. C'est un jour sans marché. La plupart des hommes sont descendus dans la vallée pour travailler dans la nouvelle usine de stockage et d'ensachage de ciment. Ils ont déserté les sommets et, depuis, ils ne prennent plus le temps de rêver. Seuls les vieux sont au café. Sur les chaises alignées le long du mur, ils observent.

Les quelques femmes présentes qui font leurs courses me reconnaissent et se regroupent dans mon dos pour parler de moi.

Je les entends jacasser.

— C'est la Nina, celle qui est toujours avec son chat. Elle est de retour, c'est peut-être bon signe.

— Tu parles ! Y a que toi pour y croire !

— La pauvre, ça doit pas être facile avec sa mère.

— Vous croyez qu'elle va rester ?

— Et pourquoi elle resterait ? Y a plus rien ici pour elle.

— Si elle est revenue, c'est que la ville n'a pas voulu d'elle, persifle toujours la dernière.

Je n'ai plus d'amies au village. Parmi les filles de mon âge, aucune n'est allée jusqu'au secondaire et presque toutes sont déjà mères.

Par défi, je me retourne et les salue à distance, en fille bien élevée. Comme j'aimerais les surprendre en débarquant avec l'Entrepreneur le jour de mes vingt ans ! J'imagine leur stupéfaction si elles voyaient la voiture noire s'arrêter dans la cour de notre ferme et sortir le fier Épervier en costume sombre, un bouquet de fleurs à la main. Elles en feraient une tête, les commères ! Rien que d'y penser, je souris.

Je contourne la place et prends le chemin de la maison. Devant la vitrine de la couturière, il y a une robe blanche. Je ralentis juste le temps d'exciter leur imagination.

Je pense à ma mère. Elle détesterait me savoir exposée aux regards de ces toupies bavardes. Pense-t-elle réellement que de me rendre invisible peut provoquer l'amnésie du village ?

Elle qui m'empêchait de sortir de la maison quand la famille de l'Entrepreneur nous a désertés a préféré m'exiler à la ville en m'inscrivant au lycée. Ma mère, qui ne s'est jamais enorgueillie de m'avoir permis d'accéder à un certain niveau d'instruction, a comme unique souci de me faire disparaître de son champ de vision et du regard des voisines. Une aubaine pour moi. En me chassant de la maison, elle me sauvait la vie.

De retour à la ferme, je m'installe directement dans la cuisine. Il faut préparer le repas. Se rendre utile. Éplucher les légumes, faire bouillir de l'eau, glisser dans la casserole un morceau de lard.

De là où je suis, j'aperçois le cadre argenté posé sur le buffet. Mon regard s'arrête sur le papier jauni et la moustache devenue invisible. Alors je fais comme ma mère, j'interpelle

à voix haute l'homme de la photo.

« Où es-tu passé ? On ne disparaît pas comme ça sans laisser de traces. Ta famille sait forcément où tu te caches. Sait-elle que depuis toutes ces années la police t'a oublié ? Qui s'intéresse à toi aujourd'hui, en dehors de ma mère qui ne quitte plus son lit ? »

Mon chat, averti de mon retour par le son de ma voix, vient se frotter contre mes jambes. Je me penche pour le prendre dans mes bras et respire l'odeur de sa fourrure avant de le poser devant sa gamelle.

Puis j'attends que le temps passe dans le silence écrasant de la maison.

La porte d'entrée s'ouvre enfin sur mon père de retour de la cimenterie.

— Ça sent bon, dit-il.

— Ce sera bientôt prêt.

Il pose sa sacoche sur une chaise et se dirige vers l'évier pour se nettoyer le visage. Je le regarde faire. Comme tous les soirs, il se lave de son travail en se dépoussiérant minutieusement. Sa routine après l'usine. Se débarrasser du ciment coûte que coûte.

Je le trouve vieilli. Son dos s'est voûté, ses joues se sont creusées et ses cheveux sont devenus gris. Je sais que mon père déteste son travail à l'usine au moins autant qu'il aimait être avec ses bêtes. Petite, je voyais comme il respectait ses moutons et aimait partir avec eux vers les sommets jusqu'à ce que la nuit les ramène au village.

Algerk avait travaillé dur dans sa ferme toute sa vie jusqu'à ce qu'adviennent la fin de la transhumance, l'abandon des bergeries disséminées dans la montagne, les épidémies, la crise économique, mais surtout la vie moderne, tout ce qui désignait selon lui la fin des éleveurs de moutons.

Il se convainquit que l'usine de ciment représentait l'avenir des hommes des montagnes, et l'affirmait encore, tête basse, en refermant les enclos vides. Le dernier jour, les yeux obscurcis par les larmes, il avait liquidé ses dernières bêtes au rabais.

« À ce prix-là, on aurait dû les bouffer », avait pesté Desa.

Pendant notre dîner, je continue de l'observer. Mon père finit son assiette en la raclant bruyamment avec sa cuillère.

— Papa, sais-tu où habite la famille de l'Entrepreneur ?

Surpris, il lève le nez vers moi.

— Pourquoi me demandes-tu ça ?

— Parce que je voudrais aller les voir.

— Qu'est-ce que tu racontes ?

— Je voudrais leur parler. Je veux savoir s'il a toujours l'intention de me prendre pour épouse dans deux ans.

Ma question le surprend tellement qu'il reste avec sa cuillère suspendue en l'air.

— Tu as bien une adresse, un numéro de téléphone ?

— Je ne sais pas, se crispe Algerk.

— Mais enfin, Papa, tu savais bien où ils habitaient du temps où ils venaient nous voir.

— Je ne sais pas, répète-t-il, mal à l'aise.

Je ne comprends pas pourquoi mon père semble craindre cette famille qui nous déshonore.

— Tu sais quelque chose à propos de l'Épervier ?

— Non, dit-il en hochant la tête. Mais je sais que cet homme causera notre perte s'il ne revient pas.

— C'est surtout la sienne qu'il causera. C'est lui qui ne respectera pas sa promesse, ce n'est ni toi ni maman.

— Pas pour le village.

— On se fiche du village.

Mon père ricane.

— Le village se désintéresse de savoir qui a tort ou qui a raison. Les hommes seront déçus et nous en voudront de ne pas honorer le contrat, dit-il d'un ton amer.

— De quel contrat parles-tu ?

— Ton mariage.

— Un contrat…

Le mot me choque. Je le répète lentement et le garde un instant dans ma bouche. Je le fais rouler comme un caillou pointu entre ma langue et mon palais afin de mesurer réellement ce qu'il représente. Et ce que je suis, moi, dans cette histoire.

Un contrat. Un foutu contrat.

Après un temps, je fais le choix de dépasser ce mot et de le classer dans la catégorie des détails.

Le caillou pointu est mastiqué puis avalé. Je reviens au village.

— Je n'ai pas encore vingt ans. Pourquoi les gens prédisent-ils que le mariage n'aura pas lieu ?

— Parce qu'ils ont peur de rester pauvres, répond mon père.

Je remplis un peu plus son assiette de compotée de légumes, mais il n'en veut plus. Notre conversation lui a coupé la faim.

Je me sens triste et désolée pour le vieil homme qu'il est devenu. Je pose ma main sur la sienne.

— Papa, je vais le retrouver.

— Mais pourquoi, Nina ? Pourquoi ?

— Pour toi et pour maman.

J'aurais aimé que mon père me réponde : « *Ne dis pas de bêtises, Nina. Cours, cours loin et vite ! Sois heureuse de ne pas le voir réapparaître. Oublie-le ! Pars sans te préoccuper de nous.* »

Mais, au lieu de ça, il me demande comment je vais m'y prendre.

— Ce ne sera pas facile de ramener l'oiseau dans son nid, prédit-il.

— Je me débrouillerai. Mais j'aimerais d'abord comprendre pourquoi vous m'avez promise à cet homme ?

Le visage de mon père se ferme brusquement. Il se lève, débarrasse la table avec des gestes expédiés, ouvre le robinet pour remplir l'évier et y vide son assiette encore pleine.

— C'est parce qu'il était riche ?

Mon père me tourne le dos et je ne peux pas voir l'expression de son visage. Mais sa posture tout entière trahit son désarroi. Il regarde l'eau couler sur les assiettes sales, ses mains posées sur le rebord de l'évier.

Je le tourmente encore.

— Papa, s'il te plaît, réponds-moi. C'est parce qu'il était riche ?

Sans se retourner, Algerk acquiesce de la tête.

— Oui, parce qu'il était riche. Dans la région, c'était un homme puissant. Et sa mère voulait qu'il se fiance rapidement avant de partir en prison. Histoire de lui assurer un mariage à sa sortie. Elle avait commencé des recherches pour lui trouver une fille.

— Mais pourquoi moi ? Pourquoi choisir une fillette de sept ans ? Il aurait pu épouser une femme de son milieu et de son âge.

— L'Entrepreneur a déjà été marié. Deux fois.

Je sursaute.

— Ses femmes sont mortes. Il est veuf, me renseigne rapidement mon père.

— Mortes ? Mais comment ?

— Accident, maladie... Comment veux-tu que je le sache ?

— Il a eu des enfants ?

— Non, d'après ce que nous a affirmé la famille.

— Cela n'explique toujours pas pourquoi il a accepté de se fiancer avec une gamine.

— Parce qu'aucune autre famille de son milieu ne voulait de lui.

— À cause des mortes ?

— À cause des mortes, répète mon père. Et parce que l'homme n'était pas assez respectable pour ceux de son milieu.

Je suis sidérée : il n'était pas assez respectable pour les escrocs de son espèce, mais il était tout à fait convenable pour mes parents et le village qui n'avaient vu en lui que le profit.

— Si l'Épervier leur avait demandé, les gens du village auraient offert n'importe quelle fille en âge de se marier. Jusqu'à leurs cousines éloignées ou leurs vieilles veuves, du moment qu'ils aient le privilège de s'allier à sa famille !

— Tu oublies que l'Entrepreneur partait en prison. Quelle femme aurait voulu attendre treize ans la libération d'un homme qui n'était déjà plus tout jeune avant de pouvoir l'épouser ?

— Sinon une petite fille à qui on n'avait rien demandé…

Je soupire, résignée.

— Ta mère avait compris la situation et, plus maligne que les autres, elle s'est précipitée chez la mère de l'Entrepreneur pour conclure le marché. En compensation des treize années d'attente, et jusqu'à tes vingt ans, la famille de l'Entrepreneur devait prendre soin de nous.

— Prendre soin de nous ?

— Nous dédommager, précise mon père, dont les mains trempent maintenant dans l'eau sale de la vaisselle à côté des assiettes grasses.

La tête me tourne.

— Quand j'avais sept ans, vous m'avez offerte à un inconnu pour une vie plus confortable…

Mon père frappe l'eau de ses deux poings serrés. Des jets l'éclaboussent et trempent le sol. Son geste soudain me fait sursauter.

— Chez nous, on ne vend pas ses enfants ! crie-t-il maintenant rouge de colère. Ne dis pas de bêtises ! Choisir un époux pour s'allier à sa famille est une pratique courante !

Mais je ne veux plus rien entendre. Je me lève et d'un geste de la main demande à mon père de se taire. Il est inutile d'ajouter quoi que ce soit.

Je remonte dans ma chambre, vaincue. Ma bouche s'emplit d'un goût nauséeux que je m'efforce d'ignorer pour ne pas vomir pour de bon. Au passage, j'attrape ma boule de poils que j'emporte serrée contre moi.

Que ma mère ait été suffisamment ambitieuse pour offrir son unique fille ne m'étonne guère, mais je n'imaginais pas mon père complice. Ma mère mérite amplement le mépris du village, même si celui-ci ne lui reproche pas d'avoir monnayé sa fille, mais d'avoir échoué dans la transaction.

5.

Le lendemain soir, je décide d'avoir une nouvelle discussion avec mon père. Il ne sera plus question entre nous de l'Épervier ni de la promesse faite sur ma tête. Inutile de revenir dessus, rien de plus ne pourra être dit.

J'explique que je veux retourner en ville et poursuivre mes études. Je me souviens qu'il reste de l'argent versé par la bourse d'État, ainsi je ne coûterai pas un sou à mes parents. Je décide de m'inscrire à l'université pour la rentrée de septembre et, en attendant que l'été passe, je demanderai une chambre pour m'installer sur le campus. Dans deux ans, si l'homme vient à frapper à notre porte, je reviendrai et je l'épouserai. J'en fais moi aussi la promesse. J'appartiens à cette famille, je n'ai pas le choix. C'est comme ça.

Mon père m'écoute attentivement. Il semble soulagé et m'assure que c'est une bonne décision. Et je ne sais pas s'il parle de mes études ou de mon engagement à revenir si l'Entrepreneur refaisait surface.

Je lui demande de m'accompagner dans la chambre de ma mère pour lui annoncer mon départ. Je ne peux m'empêcher d'ajouter que Desa me verra partir sans regret, et mon père ne me contredit pas.

Nous montons ensemble à l'étage. Mon père pénètre dans la chambre en premier et s'assied sur le bord du lit. Ma mère ne dort pas. Il prend les mains de sa femme entre les siennes et répète mot pour mot ce que je lui ai dit. Ma mère approuve évidemment ma décision de quitter la maison, et espère que je trouverai rapidement une chambre sur le campus.

Je la rassure froidement :

« L'été, ça ne devrait pas poser de problème. »

Mon père n'a pas parlé de ma promesse, celle qui m'oblige à revenir si l'homme venait réclamer sa fiancée. Je la renouvelle alors devant ma mère, et ajoute qu'elle peut me faire confiance : je ne me déroberai pas. Et, avant qu'elle n'ouvre la bouche, je quitte la chambre. J'aurais pourtant aimé qu'elle se montre reconnaissante, qu'elle me témoigne un peu de tendresse. J'aurais aimé qu'elle m'ouvre ses bras. J'aurais aimé sentir sa main caresser mes cheveux comme lorsque j'étais petite. J'aurais aussi voulu lui avouer que je m'étais fait ma propre promesse : celle de retrouver l'Entrepreneur avant mes vingt ans et de le ramener au village le plus vite possible.

Mais, comme d'habitude, je reste muette et referme la porte de la chambre derrière moi, tournant le dos à mes parents.

Un jour, il faudra que je prenne le temps de réfléchir aux raisons de ma loyauté envers eux, me dis-je. Après tout, qu'en avais-je à faire de cet Entrepreneur volage ?

Je redescends l'escalier et agrippe mon chat pour l'entendre ronronner contre moi.

Mon père vient me retrouver dans la cuisine. Il veut me parler. Pour cela, il attrape une chaise et s'assied. Il me regarde, l'air sérieux.

« Je veux que tu saches quelque chose, Nina. C'est important. »

Je suis surprise et curieuse de ce qu'il va m'annoncer. Mon père n'a pas l'habitude de beaucoup parler.

— Juste après que la famille de l'Entrepreneur a cessé de venir à la ferme, je suis allé voir un Ancien au village.

— Je ne savais pas.

— Je voulais savoir comment revenir en arrière et si on pouvait annuler la parole donnée.

Mon père parle comme s'il évoquait un mauvais souvenir.

— J'ai plaidé notre cause en expliquant qu'on y était pour rien si la famille ne respectait pas ses engagements. Ce n'était pas notre faute, nous n'étions pas responsables. Un peu ce que tu m'as dit, toi aussi, l'autre fois…

J'écoute mon père se confier.

L'Ancien lui a conseillé d'être patient. La date promise était encore loin et il n'était pas honorable de briser une promesse. Algerk devait se montrer sage.

Mon père a insisté.

— Et si l'Entrepreneur ne revient pas, qu'adviendra-t-il de ma famille ?

— Tu connais nos lois, Algerk, avait répondu l'Ancien en pointant le *Coutumier* du doigt. Ta famille est autant engagée que l'autre. Vous avez conclu un accord ensemble, et ta femme l'a répété devant le village tout entier.

Mon père était ennuyé.

— Il n'y a donc aucun moyen ?

— On ne ravale pas une promesse après l'avoir prononcée, finit par se fâcher l'Ancien. Enfin, Algerk, tu sais bien cela. La parole donnée est une chose sacrée.

Mon père était à court d'arguments.

— Tu sembles avoir oublié que la vie d'un homme repose sur son honneur. Sans lui, ton existence sera dénuée de sens, et tu subiras les humiliations de ceux de ton village, le gronda-t-il encore.

Néanmoins, l'Ancien lui apprit que le *Coutumier* édictait une possibilité pour annuler une promesse. Mais il y avait deux conditions obligatoires, lui avait-il dit en posant sa main sur le livre. La première était de le faire avec l'accord de l'autre partie. La seconde imposait à celui qui voulait rompre la promesse d'offrir une compensation qui soit acceptée par l'autre partie. Cela pouvait être de l'argent, des biens, des terres, des bêtes. L'affaire devait être menée par un médiateur.

« Tu vois, Algerk, ce n'est pas simple. Sais-tu au moins où trouver la famille de l'Entrepreneur ? Et tu n'as de toute façon rien à offrir en compensation, si tant est que la famille accepte une médiation. »

L'Ancien lui avait alors amicalement tapé dans le dos pour mettre fin à leur conversation.

« On t'aime bien, Algerk. Ne nous fais pas honte. »

Puis il s'était levé et avait rejoint les vieux attablés au café.

« Voilà, finit mon père. Je voulais que tu le saches. Il n'y a pas de solution. »

Le jour suivant, je regarde le vent faire tourbillonner la poussière dans la cour. L'air est chaud et sec. Le nez collé aux carreaux de la cuisine, j'attends que le téléphone sonne et que le secrétariat du campus me confirme la disponibilité d'une chambre. Ma valise est déjà prête et posée sur le perron.

6.

L'autocar qui m'emmène est vide. Un jour, à force de conduire un véhicule sans passager, il n'y aura plus un seul chauffeur qui acceptera de faire la liaison entre les sommets et la ville, et notre village sera coupé du monde.

Je ne suis pas triste de partir. Au contraire. Qu'est-ce que je peux bien faire à la ferme, sinon faire grincer les dents de ma mère ?

Sur le pas de la porte, mon père a posé sa main sur mon épaule puis l'a serrée un peu plus fort. Je ne l'ai pas regardé et je n'ai pas souri. Avant de monter dans le car, je me suis quand même retournée pour lui faire un signe, mais il avait déjà refermé la porte de la maison derrière lui. Les voisines non plus n'étaient pas là pour me voir partir.

Deux heures plus tard, j'arrive en ville. Je retrouve le campus avec soulagement et m'installe dans la nouvelle chambre que l'université m'a attribuée. Elle est propre et ensoleillée, et l'unique vue donne sur les arbres du parc, juste derrière le bâtiment. J'ouvre la fenêtre en grand et respire profondément.

Les jours qui suivent s'écoulent lentement, mais je ne m'autorise pas à courir au poste de police pour voir le commissaire. M'y précipiter risque de gâcher notre entente fragile. J'ai pourtant hâte de le revoir et d'apprendre s'il a pu avancer dans nos recherches.

Je le retrouve à la fin de la semaine lors de sa pause déjeuner. Je le surprends assis derrière son bureau à mordre dans un sandwich. Il me fait signe d'entrer et me désigne une chaise. Pendant qu'il avale son déjeuner, je l'informe de ma décision de rester en ville cet été. Et j'ajoute que ce sera plus pratique pour l'aider dans nos recherches.

« *Nos recherches* ? » répète-t-il.

Le commissaire se sert un café et me regarde amusé pardessus son gobelet.

Je l'observe à mon tour. Je l'avais considéré bien plus vieux qu'il ne l'est en réalité. Il est plutôt jeune, à peine la trentaine. Il s'appelle Marius. C'est écrit sur la plaque posée sur son bureau. C'est joli, Marius. Chez nous, ce n'est pas un prénom ordinaire.

Le commissaire me pose des questions sur les matières que je vais étudier à la rentrée, et sur ce que je veux faire comme métier plus tard. Des questions de vieux qui me donnent envie de rire. Mais je lui réponds avec un grand sérieux qu'après mes études je souhaite retourner au village.

Il éclate de rire.

« Avec vos diplômes, vous serez en effet très respectée parmi les ouvriers et les éleveurs de moutons. Et quel genre de travail pensez-vous trouver dans votre village ? »

Il rit encore.

« Vous êtes stupide. À moins que ce ne soit pour votre mère que vous voulez y retourner… »

Comme je ne réponds toujours pas, il se lève et vient s'asseoir sur son bureau devant moi.

— Vous voulez retrouver votre oiseau ?

— Je veux honorer la promesse de ma mère. Ne pas essayer reviendrait à l'achever aussi sûrement que les voisines.

— Ce ne sera pas votre faute.

J'élude sa réponse et demande :

— Avez-vous avancé dans nos recherches ?

Le commissaire soupire.

— Nos recherches ? Mais votre histoire ne constitue même pas une affaire. Il n'y a ni vol, ni crime, ni agression…

— Je dois pourtant le retrouver.

— Eh bien, adressez-vous au bureau des objets trouvés !

— Vous deviendrez célèbre si vous retrouvez l'Épervier…

— Mais tout le monde s'en fout de votre oiseau ! Tout le monde l'a oublié en dehors de votre famille.

Je dois faire une drôle de tête car le commissaire se rattrape aussitôt. Il m'explique gentiment qu'il a bien essayé de remonter la piste de l'Épervier depuis son évasion, mais que cela n'a rien donné. L'homme n'a laissé aucune trace. Il s'est bel et bien envolé.

Je garde la tête baissée.

Il n'est pas question d'abandonner. Obtient-on toujours facilement ce que l'on veut ? Alors je lui rappelle que le temps presse, et le prie d'essayer encore. Peut-être la piste des épouses mortes ? Des frères ou de la mère ?

— À force, vous tomberez bien sur un indice.

Exaspéré, le commissaire retourne s'asseoir derrière son bureau, loin de cette gamine entêtée.

Et pour rompre le silence qui me met mal à l'aise, je lance :

— Et puis je voudrais porter plainte.

— Et contre qui ? s'étonne le commissaire.

— Contre la famille de mon futur mari. Pour ne pas avoir pris soin de nous comme elle l'avait promis.

Le jeune commissaire est consterné. « Comment peut-on être aussi bête ? » semble-t-il penser.

Il vient de la ville, il ne sait rien de nos coutumes et ignore tout des montagnes. Il lui est impossible de concevoir que mes parents vivent enlisés dans la honte depuis que le village est persuadé que la promesse criée à tous les vents ne sera pas tenue.

Inimaginable, pour lui, le comportement de ma mère qui se terre dans sa chambre et me rejette. Je lui affirme pourtant qu'elle serait bonne avec moi si je ne lui rappelais pas sa déconvenue.

Et devant le visage défait du commissaire, je lui assure qu'elle n'est pas mauvaise.

« Ma mère est seulement terrifiée par ce que les gens pensent. »

Ma mère n'a jamais quitté le village et ne sait pas s'en libérer. Elle ne connaît ni l'anonymat ni l'indifférence des hommes.

J'explique au commissaire qu'elle ne sera pas libre tant qu'elle redoutera le regard des autres.

« Même si, malheureusement, je doute qu'elle puisse s'en défaire un jour. Étrangement, je comprends son désamour. »

Le commissaire semble un peu perdu.

— Cette histoire est vraiment… *bizarre,* dit-il en levant les bras au ciel et en appuyant sur le dernier mot.

Alors je lui assène fièrement notre loi coutumière comme s'il s'agissait d'un code divin :

— Là d'où je viens, la parole vaut tous les papiers ; et les mots, toutes les signatures !

Le commissaire rit cette fois franchement en s'essuyant la bouche avec sa manche.

— Vous surestimez le pouvoir des mots. Seuls les actes sont importants.

Et pour en finir avec moi, il est prêt à tout, même à remplir un formulaire officiel de dépôt de plainte.

— Ici, il faut du papier, dit-il en attrapant avec brusquerie une feuille sur son bureau.

— Nom, prénom, religion ?

— Je ne vois pas en quoi ma religion va vous aider à retrouver l'homme que je dois épouser.

— Alors ? s'impatiente le commissaire.

— Mon père se réfère au *Coutumier* et ma mère ne jure que par sainte Teresa. Je suis un peu des deux.

— Ça ne veut rien dire, être un peu des deux, soupire-t-il bruyamment.

— C'est pourtant comme ça.

Le commissaire écrit de longues phrases sur un document officiel qu'il me tend ensuite pour que je le signe.

Après les informations d'usage et l'état civil, le motif de la plainte : « n'a pas respecté sa part de contrat en n'entretenant pas financièrement la famille de la fiancée alors que les mots avaient été prononcés ».

La dernière partie de la phrase est soulignée de deux traits appuyés.

Destinataire de la plainte : la famille de l'Épervier.

Je ne sais pas si je dois rire ou pleurer, mais je signe le formulaire et quitte le bureau en courant.

Les moqueries du commissaire me font l'effet d'une gifle. Je ne connais même pas le nom de ma future belle-famille.

*

De retour dans ma chambre, je m'effondre sur mon lit. Le commissaire a raison, autant chercher une aiguille dans une botte de foin. Il a raison aussi quand il s'interroge sur mes motivations.

Pourquoi ne pas laisser cette histoire derrière moi et vivre ma vie loin du village et de la chambre de ma mère ? Loin aussi de la faiblesse de mon père. Sa tendresse à mon égard a beau être plus manifeste, son soutien reste fragile et il n'ira jamais à l'encontre de sa femme.

Je pense à la complicité silencieuse du village. L'aigreur et la mesquinerie des gens déçus m'écœurent. Je les hais de rire de ma mère. Je voudrais les ignorer mais j'en suis incapable. Bien sûr, si je n'arrive pas à accepter la situation, c'est uniquement parce que ma mère m'en tient pour responsable. Si ce n'était pas le cas, je n'hésiterais pas à tourner le dos à toute cette histoire. Mais sa hargne contre moi me blesse tant que je ne peux m'y soustraire.

Mon attachement à mes parents m'étoufferait si je ne conservais pas le souvenir de quelques fragments d'amour bien enfouis au fond de ma mémoire. Des gestes tendres attachés à des souvenirs sans doute inventés, mais dont je me persuade de la réalité.

Je soupire bruyamment.

J'aurais aimé que ma mère soit fière de mes études et de ma vie à la ville, autant de choses qui m'éloignent pourtant inexorablement d'elle : ma mère, presque analphabète, n'a pas dépassé le stade de l'école primaire.

Je rehausse mon oreiller sous ma tête sans quitter le plafond des yeux. Le blanc immaculé au-dessus de mon lit m'apaise. Dans un demi-sommeil, je visualise un chemin qui se sépare en deux : je suis à l'embranchement et je dois choisir une direction. Rester sur place est impossible, bien trop facile. Il faut avancer, prendre l'une des deux routes sachant qu'elles ne se rejoignent jamais et qu'aucun retour n'est possible. L'une conduit vers le détachement, autrement dit vers la liberté. L'autre n'est que la continuité du présent.

Je choisis la seconde option : rester attachée à ma mère et poursuivre ma quête de l'Épervier, même si personne ne sait où niche ce fichu volatile.

L'autre choix peut être salvateur, je ne le saurai jamais. Mais il me semble inconcevable, au moment où je le décide, de renier les lumières de mon village, l'odeur des moutons, la cour poussiéreuse de la ferme, jusqu'aux cailloux de nos chemins.

Je me persuade que prendre une autre route reviendrait à abjurer ce que je suis, or je refuse de mourir pour renaître différente. Alors, pour prendre enfin mon envol, j'accepte de me plier à la coutume et au village.

7.

La bibliothèque est un vieux bâtiment du siècle passé qui ressemble à une ancienne maison bourgeoise. Elle est essentiellement visitée par les étudiants de la ville, mais guère par ses habitants qui lui préfèrent le café ou restent dans leur salon à regarder la télé. Dans ses sous-sols se trouve un département censé conserver les journaux locaux d'information générale, quotidiens ou hebdomadaires, parus lors des trois dernières décennies.

J'ai imaginé que si le visage de l'Épervier était apparu dans le journal de mon père après son évasion, les médias avaient certainement continué à suivre l'affaire. On ne mettait pas un individu en gros plan en première page pour ne plus s'intéresser à lui ensuite.

J'explique ma logique au commissaire surpris de me voir réapparaître dans son bureau.

— Je pensais que vous étiez fâchée.

J'esquive la remarque et continue.

— Un exemplaire doit forcément se trouver à la bibliothèque.

— Sans doute, à condition que tous les journaux aient vraiment été conservés.

— Avez-vous la date exacte de son évasion ? La connaître faciliterait mes recherches.

— Le 8 novembre 1987.

Le commissaire n'a pas hésité. Il connaît la date par cœur, c'est bien la preuve qu'il s'est intéressé au dossier et qu'il a eu l'intention de m'aider. Je lui souris malgré moi. Le commissaire est un homme maladroit mais gentil.

Je lui demande par politesse s'il veut m'accompagner. Pour prendre l'air.

« Prendre l'air ? Ben voyons », s'esclaffe-t-il.

Et il me rappelle que mon histoire ne constitue pas le moins du monde une affaire pour lui et qu'il n'a aucune envie de m'accompagner pour « prendre l'air ».

En pénétrant dans la bibliothèque, je ne peux m'empêcher de penser qu'un tel lieu est inaccessible à ceux de mon village. Un endroit pareil n'existe pas, même dans leur imagination.

Il n'y a pas un livre à la ferme. Y en a-t-il seulement au village en dehors de notre *Coutumier* ? Je suis venue ici le premier jour de ma première année de lycée et, depuis, je n'ai jamais déserté ce lieu. Je suis à l'aise entre ses murs et j'aime y étudier.

Le département consacré aux archives est le plus sombre et le plus petit. Les journaux s'entassent et prennent la poussière sur des étagères. Des dates écrites au feutre noir sur le tranchant des planches de bois font office de repères chronologiques. Je trouve rapidement la section des années 1980.

Je pose mon doigt sur l'arrête de l'étagère et le fait glisser sur sa longueur jusqu'à l'année 1987. Je m'arrête devant un tas de vieux journaux empilés, dont les feuillets jaunis sont mal repliés et déchirés pour certains. Des pages cartonnées, glissées entre les publications, servent d'intercalaires pour séparer chaque mois de l'année.

Le responsable du département qui m'a accueillie dans les sous-sols m'aide à transporter ma pile de journaux sur une petite table. Puis il me souhaite bonne chance avant de souffler sur la couche de poussière qui recouvre les premiers numéros.

J'éprouve une légère excitation devant ces vieux journaux, certaine que je vais y trouver des informations qui me mettront sur la piste de *mon fiancé*. Je les soulève un par un, délicatement car les pages sont fragiles, sélectionne les quotidiens et laisse de côté les hebdomadaires. La pile se réduit pour ne contenir qu'une trentaine d'exemplaires. Comme l'avait prédit le commissaire, la bibliothèque n'a pas conservé la totalité de la presse régionale de l'époque.

Je parcours le premier journal, mais aucun article ne parle de l'Épervier. Je prends le suivant sur le dessus de la pile, pressée de trouver un gros titre mentionnant l'affaire. Un nom, un visage. J'attrape le troisième journal, puis le quatrième, le cinquième. Mes gestes deviennent impatients. Je ne trouve toujours rien. Aucun article ne mentionne mon oiseau. Aucun journaliste ne parle de lui.

Mes doigts noirs de poussière tournent nerveusement les pages du sixième quotidien, laissant des traces sales sur le papier jauni, quand je pousse un cri de victoire.

Enfin, je l'ai trouvé !

Mon cri fait lever la tête du responsable de la section qui fronce aussitôt les sourcils. Nous sommes seuls dans les sous-sols de la bibliothèque, je ne risque pourtant pas de déranger quelqu'un.

Je me penche plus en avant. C'est là ! Juste devant moi.

Sur la table s'étale la même page vue une dizaine d'années auparavant dans le salon de mes parents. La photo en noir et blanc de l'Entrepreneur avec le titre : « L'Épervier s'est envolé ».

La photo du journal est encore bien visible. Je reconnais les mêmes yeux fiers qui fixent l'objectif, la même moustache arrogante. Et, pendant une seconde, l'envie me prend de voler la feuille pour remplacer la vieille photo délavée qui trône sur notre buffet.

Je commence la lecture de l'article que, petite, j'avais ignoré.

« Celui que l'on nomme "l'Épervier" s'est évadé ce dimanche matin de la prison centrale où il était retenu. Les forces de l'ordre sont mobilisées pour retrouver l'homme en cavale. Ses envies d'évasion étaient connues des gardiens de l'établissement qui le surveillaient de près, mais cela ne l'a pas empêché de se faire la belle. Il purgeait une peine de treize ans de prison pour corruption, détournement de fonds et trafic d'influence dans les milieux politiques. Le jour de son évasion, le prisonnier avait reçu la visite d'un homme influent. Les autorités ne savent pas encore si ce dernier est impliqué ou non dans l'évasion de l'Épervier. »

Le journaliste ne s'étendait pas sur la manière dont il avait pu s'évader ni sur les pistes probables de la police pour le retrouver.

J'attrape une autre édition du même jour en quête de nouvelles informations, mais je ne trouve rien de plus. Je passe en revue toutes celles du 8 novembre et je suis sidérée de constater que l'évasion n'est pas mentionnée, comme si l'affaire n'avait pas eu d'importance.

À la date suivante, quand même, un second article dans le même journal que celui qui avait publié la photo décrit de façon plus précise l'évasion de l'Épervier.

« Une évasion hors normes, sans un blessé, sans un coup de feu, comme si le prisonnier avait simplement demandé à ce qu'on lui ouvre la porte pour sortir. Un des gardiens témoigne néanmoins s'être posté devant la grande porte pour s'opposer à l'Épervier, et que celui-ci lui avait rétorqué : "Vous n'allez quand même pas vous faire tuer pour votre salaire de misère[1] ?", ce que le gardien a jugé tout à fait pertinent. Puis le détenu a tout naturellement ouvert la porte et est sorti. Le gardien précise que l'homme n'était même pas armé mais que "sa voix et ses yeux étaient aussi convaincants qu'un pistolet". »

Le journaliste écrivait un peu plus loin :

« L'évasion de l'Épervier n'a pu être possible que grâce à l'aide d'un ou de plusieurs complices à l'intérieur du bâtiment, pourquoi pas du responsable de la prison lui-même, ou d'un politique suffisamment puissant avec qui le prisonnier était en affaires avant son arrestation. »

Je déplie nerveusement les autres journaux à la recherche de nouveaux indices. Mais aucun autre correspondant ne parle de l'affaire, ni le 8 novembre ni les jours suivants. Aucun autre journal ne raconte l'exploit de l'Épervier.

Cela me paraît si incroyable que je parcours de nouveau toutes les éditions, lisant le moindre encart pour être sûre de ne rien rater.

En vain. L'évasion la plus invraisemblable de l'histoire ne tient que sur une demie-page d'un journal régional, les autres rédactions n'ayant pas jugé utile à l'époque d'approfondir le sujet. L'événement n'avait-il donc intéressé personne ?

À croire que la prodigieuse évasion devait rapidement être oubliée, ou bien que le prisonnier n'était pas un personnage

1. Référence à ce qu'aurait dit le braqueur Rédoine Faïd lors de sa première évasion, en avril 2013, de la prison de Lille-Sequedin (Nord).

d'envergure suffisamment importante pour mériter qu'on s'attarde sur lui. Ou encore, et cette dernière hypothèse me semble très probable, la police trop honteuse de ne pas avoir su arrêter un homme sans arme avait fait taire les journalistes.

*

Le commissaire n'est pas dans son bureau lorsque je reviens de la bibliothèque. Déçue, je décide de l'attendre patiemment dans le couloir. Un de ses collègues qui m'a déjà vue en sa compagnie m'apprend qu'il ne va pas tarder.

« L'intervention a été rapide et efficace », mentionne-t-il au passage, comme si j'étais censée être concernée.

Je le remercie gentiment et m'installe sur un des bancs du couloir pour l'attendre.

Quatre heures plus tard, le commissaire est de retour et me trouve endormie, allongée, la tête posée sur mon sac. Il me secoue doucement l'épaule puis passe devant moi tout en cherchant les clés de son bureau dans les poches de sa veste.

Je me relève lentement pour le suivre, mal réveillée et de mauvaise humeur.

— Un café ?

— Merci.

— Vous n'avez pas une chambre où dormir ? se moque-t-il.

— Je vous attendais.

Malgré son travail et sa fatigue, le commissaire compatit devant ma mine déconfite.

— Allez, dites-moi tout.

Je lui explique alors que les journalistes à l'époque n'avaient pas pris la peine de suivre l'affaire, et que le seul qui s'y était intéressé n'avait même pas écrit le nom de l'Entrepreneur. Seulement son nom d'oiseau. Impossible de connaître la fin de l'histoire puisque aucune piste pour le retrouver n'était révélée.

Je m'indigne. Même un minable petit escroc aurait eu le droit à plus de lignes dans le journal.

Le commissaire est amusé.

« L'Épervier n'était pas l'Ennemi public numéro un, mais un entrepreneur véreux proche des politiques, donc un intouchable. C'est la raison pour laquelle l'affaire a certainement été étouffée. »

Il se lève pour allumer une cigarette et me désigne à nouveau la machine à café posée en équilibre sur un tabouret.

— Vous avez le nom du journaliste qui a écrit l'article ? demande-t-il.

— Non, je n'ai pas pensé à le noter.

— Il serait intéressant de le contacter.

— Je retournerai le chercher à la bibliothèque.

Je m'assis devant le bureau, un gobelet en plastique brûlant entre les mains. Je suis découragée.

— Vous ne vous attendiez quand même pas à trouver une adresse et un numéro de téléphone ? me demande le commissaire.

— Un peu, si. J'espérais au moins trouver un élément qui m'aurait permis d'avancer. Un nom. Juste un nom.

— Demandez-le à vos parents. Après tout, ils doivent bien le savoir.

Je regarde alors le commissaire fixement.

Il a évidemment raison. Pourquoi ne l'ai-je pas fait avant ? Cela me frappe brutalement : parce que je n'ai jamais entendu mes parents le désigner autrement que comme « l'Entrepreneur » ou « l'Épervier ».

J'en fais la remarque au commissaire qui me dévisage, incrédule, sourcils levés. Apparemment lui aussi n'en revient pas.

Mais autre chose me chiffonne. Depuis mon retour de la bibliothèque, ma relation avec l'Entrepreneur a changé. Si, au village, tous le considèrent comme un homme riche et puissant, il est devenu aussi insignifiant pour moi que pour les journalistes à l'époque.

L'homme, dont le nom n'a même pas été écrit, est devenu aussi transparent que son visage sur la photo encadrée dans le salon de mes parents. Il s'est transformé subitement en un oiseau quelconque, certes corrompu et malhonnête, mais un oiseau sans charme.

Je n'ose pas avouer au commissaire que j'aurais aimé plus de panache chez celui qui est censé devenir mon futur mari.

« Retournez à la bibliothèque pour obtenir le nom du journaliste qui a écrit sur cette histoire, me conseille le commissaire. Ensuite, nous le contacterons. »

J'opine de la tête sans grande conviction. Pourtant, le soir même, je cours chercher la précieuse information.

Au téléphone, je communique le nom du rédacteur au commissaire.

— Mouzouri. Il s'appelle Louis Mouzouri.

— Vous êtes rapide, vous. Rappelez-moi demain, je vous trouverai son contact.

Le lendemain matin, il a en effet une adresse à me donner.

8.

Louis Mouzouri est un homme pressé. Il écrit en même temps qu'il parle, sans retirer la cigarette qui pend à ses lèvres, et décroche son téléphone qui sonne tout en buvant son café. Il prend des notes à la va-vite sur un bloc de papier et invective son collaborateur qui n'a pas su chercher la bonne information au bon endroit.

L'homme ne s'arrête jamais de gesticuler et de parler, et la cendre de sa cigarette qui tombe sur ses papiers ne semble pas le déranger.

Il ne lève même pas la tête pour m'accueillir, et la secrétaire qui m'a conduite auprès de lui a filé aussitôt que j'ai mis un pied à l'intérieur du bureau.

Depuis, je me tiens droite comme un piquet en attendant qu'il me fasse un signe. Tout indique qu'il n'est pas disponible. Je décide d'attendre patiemment, il finira bien par lever les yeux. Après un long moment, il me demande enfin d'un ton exaspéré ce que je fabrique là, plantée au milieu de son bureau.

J'avance d'un pas, déterminée à maintenir sur moi son attention.

« Je m'appelle Nina. J'aimerais retrouver un homme sur lequel vous avez écrit… »

Le téléphone me coupe la parole. Louis Mouzouri décroche et raccroche sans avoir prononcé un seul mot. Puis il se retourne vers la cloison vitrée derrière lui et crie une adresse à un autre journaliste. J'aperçois un homme enfiler une veste et partir précipitamment.

J'ajoute avant que le téléphone ne sonne à nouveau et que Louis Mouzouri ne m'oublie tout à fait : « C'était il y a longtemps, neuf ans exactement. »

Et je sursaute quand le journaliste crie à l'homme à la veste de ne pas se tromper cette fois : « Ça va bien, les conneries ! »

Derrière la vitre, je surprends le collaborateur répondre d'un geste grossier du doigt. Je secoue la tête un peu étourdie et continue : « Donc, je me disais que peut-être vous pourriez m'aider… »

Mouzouri continue d'écrire. À peine m'écoute-t-il.

Agacée, je parle un peu plus fort.

— L'Épervier. Je viens pour l'Épervier. Vous vous rappelez ?

Sans doute était-ce le sésame à prononcer pour que le journaliste lève la tête.

— Vous êtes qui, vous ? demande-t-il comme s'il s'apercevait seulement à l'instant de ma présence.

— Je suis venue vous demander des informations concernant un prisonnier qui s'est évadé, il y a neuf ans de ça. On l'appelait l'Épervier. Je dois le retrouver.

— Je ne vous ai pas demandé ce que vous vouliez, mais qui vous étiez ! aboie-t-il.

Je prends sur moi et lâche :

— Sa fiancée.

Cette fois, Louis Mouzouri me regarde plus attentivement.

Il enlève ses grosses lunettes pour les essuyer sur un pan de sa chemise et répète comme s'il ne me croyait pas :

— Sa fiancée, tiens donc !

Ses lunettes reposées sur le nez, il s'avance un peu plus au-dessus de son bureau et pose ses coudes devant lui. Encouragée, je poursuis :

— Vous avez écrit sur l'Épervier le lendemain de son évasion. Vous êtes le seul à avoir suivi l'affaire.

— Je m'en souviens.

— Comme je dois le retrouver, j'ai pensé que vous pourriez m'aider.

— C'est une histoire vieille d'au moins dix ans.

Je le corrige :

— Neuf.

Intrigué, l'homme reste silencieux et me regarde cette fois avec attention. J'en profite pour lui déverser toute mon histoire. Je commence par évoquer le village, le contrat, mais à peine en suis-je à la photo encadrée et posée sur le buffet que Mouzouri me fait taire d'un geste impatient de la main.

— Oh, là ! Mais ça va pas, non ! Je n'ai pas le temps de vous écouter me raconter votre vie… J'ai du boulot au cas où vous ne l'auriez pas remarqué.

— Une information. J'ai juste besoin d'une information.

— Laquelle ? s'exaspère le journaliste.

— N'importe laquelle. Un nom, une adresse. Quelque chose qui pourrait me permettre d'avancer dans mes recherches.

Le journaliste souffle bruyamment.

— C'est trop loin. Je ne me rappelle pas.

— Mais vous êtes le seul à avoir écrit sur cette histoire…

— C'est vrai. Et ce dont je me souviens, c'est qu'à l'époque on m'a gentiment demandé de ne plus écrire sur cette affaire. Ce que j'ai fait, comme tous mes autres confrères.

— Mais peut-être vous souvenez-vous de quelque chose ? Son nom ? Ou bien un endroit où il aurait pu se cacher ?

— Vous êtes une marrante, vous ! Comment aurais-je pu le savoir ? Ses gentils amis de l'époque l'ont aidé à disparaître et, croyez-moi, personne n'a jamais su où il était allé se planquer.

J'insiste :

— Mais vous savez bien comment il s'appelle ?

Louis Mouzouri est sidéré : quelle fiancée ne connaît pas le nom de son prétendant ?

Je suis une bien curieuse personne. Et, à y regarder de plus près, je suis beaucoup trop jeune pour l'homme dont il est question.

Je le coupe à mon tour dans ses réflexions.

« C'est une longue histoire et vous n'avez pas le temps de l'entendre. Mais j'ai vraiment besoin qu'on m'aide. »

Il souffle bruyamment, convaincu qu'il ne se débarrassera pas facilement de cette gamine butée, et m'indique qu'il va regarder dans ses vieux carnets.

« Mais attention, il ne faut pas s'attendre à des miracles, ni que cela prenne trop de temps, je n'ai pas que ça à faire, répète-t-il. Et cette histoire ne m'intéresse plus de toute façon. »

Je le remercie chaleureusement pendant qu'il farfouille dans son armoire. Mouzouri jure d'énervement en la vidant d'une trentaine de calepins et de carnets en tous genres, dont la moitié tombe par terre. Il retire du lot un cahier aux pages grises qu'il garde dans sa main.

« Peut-être dans celui-là », dit-il.

Ses doigts tournent rapidement les pages du carnet avant de le jeter plus loin et d'en attraper un autre.

Je ne veux pas l'interrompre dans sa recherche mais je suis curieuse de savoir s'il a déjà rencontré l'Entrepreneur. Personnellement, je veux dire.

— Jamais. Impossible à approcher, répond-il sans lever les yeux de ses carnets.

— Vous saviez qui c'était ?

— Comme tout le monde.

Je demande pleine d'espoir :

— Vous connaissez son nom alors ?

— Pour nous, c'était l'Épervier. Point.

Je suis déçue. Mon futur mari n'aura jamais été qu'un oiseau aux yeux du monde.

— Pourquoi avez-vous arrêté d'écrire sur son évasion ?

— Je vous l'ai déjà dit : on me l'a demandé. À l'époque, j'écrivais pour gagner ma croûte, pas pour jouer au détective.

Le téléphone sonne de nouveau et je maudis celui qui est à l'autre bout du fil.

Mouzouri répond, prend des notes sur le coin d'une feuille, donne des ordres en direction de la cloison vitrée derrière lui, et raccroche.

Puis il lâche le deuxième carnet sur son bureau.

— Non, rien. Désolé, fillette, c'est trop vieux. Je ne sais plus où sont mes notes et je ne devais pas en avoir beaucoup de toute façon, dit-il.

— Mais vous ne vous souvenez vraiment de rien ?

— C'est trop vieux.

Louis Mouzouri ramasse en une grande brassée les dizaines de calepins sortis de l'armoire, et les replace en tas sur leurs étagères.

— J'aurais bien aimé vous donner un coup de main. Désolé, dit-il de nouveau.

Et pour le coup, je le crois. Désemparée, je me laisse tomber sur une chaise. Je n'ai plus aucune piste, ni personne vers qui me tourner.

— Vous n'allez pas rester là, s'inquiète le journaliste.

Il a repris sa voix d'homme pressé.

Je me lève, récupère mon sac qui traîne à mes pieds, et lui envoie un piteux « merci quand même ».

— Attendez ! me rappelle Mouzouri lorsque je passe le pas de sa porte. Un nom me revient : Vourno. Oui, c'est ça. Le village de Vourno.

— Vourno ?

— Un vague souvenir. Essayez !

*

« Vourno ? C'est un petit hameau dans la montagne, au-dessus du village », m'apprend mon père au téléphone.

Je l'ignorais.

— Pourquoi t'intéresses-tu à cet endroit ? Il n'y a plus une seule bergerie en état là-bas. Il n'y a que des ruines. Les hommes l'ont abandonné quand le patron a vendu ses bêtes pour partir à l'étranger.

— C'était qui, le patron ?

— J'en sais rien, répond mon père.

— Mais il est parti à quelle époque ?

— Comment veux-tu que je me rappelle, je le connaissais pas, moi ! Et pourquoi toutes ces questions, Nina ?

Je ne veux pas inquiéter mon père et lui réponds que c'est

juste de la curiosité. Un nom qui m'évoque quelque chose. Rien d'autre.

— J'ai entendu parler de l'endroit, par hasard, et je m'étonne de n'y être jamais allée.

— Moi non plus, je n'y suis jamais allé, et qu'est-ce que ça fait ?

Mon père qui n'est pas à l'aise avec le téléphone ne pose pas d'autres questions et raccroche rapidement. Mais ce qu'il m'a appris me semble être le début d'une véritable piste. C'est presque trop beau pour être vrai : un hameau désert dans la montagne, non loin de notre village.

Et si l'Épervier s'y cachait, niché depuis toutes ces années au milieu des maisons abandonnées ?

Le lendemain, les yeux rivés sur la carte que j'ai achetée, je cherche le nom du hameau. Aucune indication. Mais je ne me décourage pas et me persuade que l'endroit est trop petit et bien trop insignifiant pour y être écrit.

9.

Le lendemain, je cours annoncer ma découverte au commissaire. Je l'avertis que je compte partir pour Vourno le plus vite possible. Lui demander de m'accompagner est une mauvaise idée, mais je lui avoue que sa présence me rassurerait. Je ne me sens pas assez sûre de moi pour affronter seule *mon futur mari*. Après tout, je ne le connais pas.

Le commissaire ricane quand il entend ça. Il ne sait pas si je suis très naïve ou très stupide, mais penche plutôt pour de la stupidité.

Il essaie néanmoins de me convaincre de laisser tomber cette histoire extravagante.

— Vous êtes une imbécile ! Votre mère, en vous envoyant étudier en ville, vous a offert sans le savoir la chance de votre vie. Vous voulez la gâcher ? Vous ne voulez pas devenir une femme libre ?

— Bien sûr que si ! Mais ne vaut-il pas mieux se réconcilier avec ses racines pour aller de l'avant ?

— Oh, épargnez-moi votre baratin ! Vous me tapez sur le système avec vos histoires d'attaches et de racines. Commencez votre histoire maintenant et envolez-vous pour de bon.

Le commissaire s'est subitement énervé. Il en a renversé sa tasse de café sur son bureau et éponge maladroitement le liquide en fulminant. Il affirme que je ne trouverai rien à Vourno. Et si, par le plus grand des hasards, je tombais sur l'Épervier, il ne sera plus qu'une pauvre épave sans intérêt.

Devant ma mine renfrognée, il se met encore plus en colère.

« Vous dites que vous ne voulez pas dépendre du regard des autres, mais c'est trop tard, vous êtes déjà comme votre mère ! Sauf que votre village à vous, c'est elle. Vous avez autant besoin de son empathie qu'elle a besoin d'être dans les bonnes grâces de ses voisines ! »

Un silence pesant s'installe entre nous.

Le commissaire s'assied derrière son bureau, sa tasse de café dégoulinante posée devant lui. Après un long moment, il finit par s'excuser. Il dit qu'il ne voulait pas être blessant, ni méchant, cela ne lui ressemble pas.

Je suis incapable de parler. Je sais que le commissaire a raison. Il contourne alors son bureau pour s'asseoir à mes côtés et me prend la main. Il se met à me parler de l'avenir que j'aurai lorsque je sortirai diplômée de l'université. Il me décrit ma vie à la ville, puis le gentil garçon que je rencontrerai et que j'épouserai, et qui n'aura rien à voir avec mon vieux rapace dégarni.

Je l'écoute à peine. Moi, je ne vois que l'instant où je reviendrai à la ferme au bras de l'Entrepreneur, sous les yeux ensoleillés de ma mère et les regards envieux des voisines.

Le commissaire finit par se taire. Il sait que sa bataille est perdue d'avance. Je laisse pourtant ma main flotter dans la sienne.

Le commissaire se trompe. Bien malgré lui, il m'a fait prendre conscience que ma quête de l'Épervier est celle de ma propre liberté. Alors, pour le réconforter, je lui dis doucement, comme pour m'excuser : « Je veux seulement me réconcilier avec l'endroit d'où je viens. Je suis le village et sa poussière, je suis les ragots des vieilles femmes, je suis aussi l'ambition et l'orgueil de ma mère, et la faiblesse de mon père. Voilà de quoi je suis faite. Si la famille de l'Entrepreneur n'avait pas déserté notre ferme, je n'aurais jamais été envoyée en ville pour étudier et je serais restée à attendre mon futur mari auprès de ma mère. Ma vie à la ville est un accident. »

Mon discours fatigue le commissaire. Il est déçu.

J'observe le mouvement de ses yeux qui tombent sur les bords de son visage et sa bouche qui cesse de sourire. Je sens ses doigts desserrer ma main puis la lâcher complètement.

Je tente alors de le rassurer en lui réaffirmant que je compte bien faire des études une fois que tout sera réglé. La vie loin du village m'a rendue forte et je sais que retrouver l'Entrepreneur et honorer la promesse de mes parents n'est en rien incompatible avec la belle vie dont il parle.

Je lui souris parce qu'il a l'air triste. Mais le commissaire ne me regarde plus. Il est retourné derrière son bureau et griffonne un nom et une adresse sur un bout de papier qu'il me tend.

« Allez la voir ! »

Le commissaire a écrit le nom d'une vieille femme de son quartier qui saura me guider et m'apprendre à faire les bons choix, me dit-il.

« Votre mémoire devrait vous aider à prendre les bonnes décisions. Elle est faite pour ça. Pour gagner du temps. »

La vieille femme s'appelle Oum, mais le commissaire soupçonne que ce n'est pas son vrai nom. Selon lui, Oum est une magnétiseuse un peu marabout, qui n'y voit plus mais qui sait tout. Elle est utile pour couper les mauvais liens. Comme avec une paire de ciseaux, elle sectionne les attaches et les transmissions qui font mal.

« C'est important. Parce que ne pas décider pour soi est contre-nature. »

Et il me fait promettre d'y aller sans tarder.

10.

Oum habite un petit appartement bien rangé. La cuisine, le salon et la chambre ne forment qu'une seule et même pièce. Les murs sont recouverts de livres et de vieux tapis. Un paravent au milieu de l'espace cache le coin du lit. La pièce surchauffée est calme et apaisante et, sur le balcon, la femme a posé des bols d'eau au milieu des plantes pour que les oiseaux puissent venir boire.

Oum m'accueille avec une tasse de thé chaud qu'elle me glisse d'office entre les mains.

« Parce que vous aurez froid », me dit-elle.

Elle a les cheveux blancs et courts, et porte de longs colliers assortis à ses bracelets. Ses boucles d'oreille tintent dès qu'elle bouge la tête. Ses yeux verts qui ne voient plus sont maquillés d'un large trait bleu.

Sans préambule, elle me dit de m'étendre sur un matelas posé sur la table et me demande de plier le bras, le coude posé près de mon corps, la main levée et enfermée dans le poing de la femme.

« Votre main dans la mienne transmettra les réponses », me dit-elle.

Oum m'explique qu'elle parle aux corps et qu'ils disent beaucoup de choses quand on sait les interroger. Je me laisse faire. Je me sens à l'abri dans cette pièce emplie de chaleur, auprès de cette femme que je juge excentrique.

Je me détends et observe ses lèvres remuer pendant qu'elle sonde mes entrailles. Les questions qu'elle pose sont silencieuses.

« C'est pour que la tête n'entende pas, explique Oum. Sinon elle voudrait répondre. La tête veut toujours répondre, même quand elle ne connaît pas la réponse. Tandis que le corps, lui, ne ment jamais. Il est la mémoire cellulaire de nos émotions. »

Oum continue de marmonner. Elle parle à mon corps et il lui répond. Je suis exclue de leur conversation.

La vieille femme hoche parfois la tête, comme si elle acquiesçait aux réponses.

À la fin de la séance, Oum me demande de m'asseoir sur la table tandis qu'elle s'installe sur une chaise en face de moi.

« Qui es-tu ? », me demande-t-elle les yeux fermés.

Je la regarde sans comprendre, mais Oum n'attend visiblement pas de réponse.

« Es-tu celle que tu crois être ou bien celle que les autres disent que tu es ? Lorsque tu te regardes, est-ce toi dans le miroir, ou celle qui vit à travers le regard des autres ? »

Je ne sais pas.

Oum fait une pause puis marmonne comme pour elle-même : « Peut-on réellement se voir sans un regard extérieur qui s'interpose entre soi et soi ? »

Puis elle hausse la voix.

« Vous n'avez pas reçu votre identité en héritage. Elle est le résultat d'une construction volontaire liée à un lieu, à une famille, à des circonstances. Il n'y a aucune filiation là-dedans. Rien du tout… », répète-t-elle en agitant la main comme si elle chassait un insecte gênant.

Oum respire bruyamment et tient fermement ma main dans la sienne.

« Écoute-moi bien ma petite, et n'oublie pas : une identité est mouvante. Ton identité première est et sera toujours le socle de qui tu es, mais tu l'enrichiras tout au long de ta vie, tu y ajouteras des épaisseurs et ton identité évoluera avec toi. »

Je choisis de rester silencieuse et concentrée.

« Tu peux te construire loin de ton village sans oublier qui tu es, cela ne dépend que de toi », affirme-t-elle.

Alors je demande :

— Qu'apporte-t-on de son histoire dans l'exil ?

Ma question la fait rire.

— Partir à la ville et vivre loin de sa famille n'est pas un exil ! Loin de là. Mais tu as raison si tu crois que le passé peut être comparé à un pays avec ses propres frontières. Alors, pour répondre à ta question, je dirais tout. Absolument tout. La culture, l'histoire de ses ancêtres, la cuisine, les odeurs, les couleurs, les saisons. La poussière des chemins jusqu'au vacarme des voisines. Tout peut être emporté. Même la vaisselle de la grand-mère, même le chat croûteux. Et les bruits et les paysages resteront tapis derrière les paupières closes. Mais ceux qui choisissent de tout prendre dans l'exil laissent leur cœur dans leur pays aimé.

Oum respire profondément.

« D'autres choisissent un peu de ci, un peu de ça. Ils estiment méticuleusement ce qui vaut le coup d'être gardé et ce qui peut être jeté sans regret. Ceux-là font le tri avant le grand déménagement. »

Il y a un léger silence.

« Et pour d'autres encore, ce ne sera rien. Ils ne prendront rien de leur passé. Absolument rien. Sinon, à quoi bon partir ?

Et pourquoi partir d'ailleurs ? Pourquoi se couper de son histoire et de sa famille ? Parce que vivre avec n'est plus possible ? Parce que sa terre n'offre pas plus de choix qu'une vie de misère et l'attente inutile d'un changement qui n'arrivera pas ? Parce qu'on refuse la possibilité d'une déception ? De se trouver devant une longue route dénuée d'amour, de rencontres éclairantes, de possibilités ? Parce que le passé entrave le présent ? »

La vieille femme ouvre grand les yeux et pointe son index en l'air.

« Mais attention ! C'est la solution la plus dangereuse. Ne rien prendre de son passé n'est pas conseillé. Impossible de se construire sur du vide. »

Oum n'a pas fini :

« Sinon, il faut partir pour le goût de l'aventure. Dans ce cas, le retour est envisageable. Il n'est ni un échec ni un retour à la case départ. Bien au contraire, le retour après l'aventure est gonflé de richesse, d'expériences, de fierté et de vies à raconter. Rien à voir avec l'exil, rien à voir avec le refus de son passé », conclut Oum qui semble regarder à travers moi.

« Toi, tu t'es différenciée. Ton passé est le même mais ton identité culturelle est différente, parce qu'en venant vivre ici tu t'es construite en dehors de ton village. Prendre conscience de sa différence, c'est ça, avoir une identité. Ne l'oublie pas. Ton passé n'est plus ce qui te définit. Tu ne redeviendras jamais celle que tu étais avant de partir, mais tu garderas toujours en toi ton identité première. Ou ton histoire. C'est la même chose. Alors peu importe si tu retrouves ou non ta place auprès des tiens, ton passé est en toi et ton village t'appartient. »

Oum délivre un message de liberté. Je m'abreuve de ses paroles.

« Un peu d'ici et un peu de là, marmonne Oum en souriant. C'est stratégique et inévitable dés le moment où l'on se confronte au regard des autres. Qui es-tu ? », demande-t-elle encore.

Cette fois, je lui réponds d'une voix forte : « Je suis Nina ».

Oum ouvre les yeux, agacée : ce n'est toujours pas ce qu'elle m'a demandé.

Elle enferme de nouveau ma main dans son poing et me demande de répéter sept fois avec conviction : « Je suis *Moi.* »

Puis, sans explications, elle me chasse de son appartement comme si je l'avais importunée.

Sur le chemin du retour, je ne cesse de me répéter : « je suis Moi je suis Moi je suis Moi je suis Moi je suis Moi je suis Moi je suis Moi je suis Moi je suis Moi. »

Je hurle pour que mon corps entende.

11.

Le retour à la ferme est difficile. Je n'ai pas souhaité prévenir mes parents de mon arrivée, et mon père est désagréablement surpris lorsqu'il me trouve devant la porte de la maison, ma valise à mes pieds. Je mens en expliquant que le campus a fermé ses portes pour un grand nettoyage, n'importe quoi plutôt que d'avouer que je souhaite me rendre à Vourno.

Je fais semblant de ne pas voir sa mine contrariée, et ne m'attarde pas quand il me dit que ma mère est fatiguée.

« Je sais… Je ne ferai pas de bruit. »

Je soupire en forçant l'entrée de la maison. Je passe devant mon père et dépose ma valise dans le couloir.

Mon chat se précipite sur moi et plante ses griffes dans mes jambes. Je le prends aussitôt dans mes bras et mon père esquisse un discret sourire en me voyant plonger mon visage dans le poil doux et soyeux de l'animal.

« Tu lui manques », dit-il.

Et je comprends bêtement : « Tu *me* manques. »

Je monte dans ma chambre d'enfant au tapis rose et aux fleurs violettes, accompagnée de mon chat qui ne me quitte pas.

De l'autre côté du mur, tout est silencieux.

La mère-monstre dort encore.

Sur mon lit, j'étale aussitôt la carte de la région que j'ai achetée et repère le cercle rouge que j'ai dessiné. Malgré le peu d'indications que m'a fourni mon père, j'ai fini par localiser Vourno. Depuis, je me suis informée, et j'ai appris qu'un car distribuait les villages du nord et passait près de la route qui menait au hameau.

Je passe une dernière fois en détail mon expédition vers les sommets, puis je descends retrouver mon père.

La cuisine sent l'odeur aigre du chou et de l'oignon. Mon père a fait un potage, comme tous les soirs. Je m'installe en face de lui, et il me sert une assiette pleine. Puis il remplit la sienne dans laquelle il plonge des morceaux de pain qu'il laisse s'imbiber du liquide brûlant.

Nous mangeons en silence. C'est notre habitude. À la fin du dîner, mon père se lève pour préparer le plateau de ma mère. Un bol de soupe, un quignon de pain et un fruit.

Restée seule dans la cuisine, je sens la pointe familière de la peur s'immiscer lentement et progressivement sous ma peau, comme lorsque j'étais petite et que la nuit tombait, que la cour de la ferme devenait trop noire pour y voir et que la maison restait plongée dans l'obscurité. Tout autour de moi semblait affreusement mort. Alors, avant que l'angoisse ne m'empêche complètement de respirer, j'attrape mon chat et je file me coucher sans attendre le retour de mon père.

*

Le lendemain matin, je me réveille tôt pour aller au village. Mon père est déjà parti à l'usine et rentrera tard dans la soirée, ainsi il ignorera tout de mon escapade.

À la station des bus, je demande un ticket pour Vourno.

Le guichetier me regarde, étonné, et se croit obligé de m'avertir : le village est abandonné depuis des années, il n'y a plus personne là-haut, à peine quelques chiens errants.

Il précise qu'aucun car ne dessert plus le hameau. Il faut donc prendre un ticket pour les villages du nord et descendre à un arrêt situé bien plus haut que la route de Vourno. Ensuite, il faudra marcher, le chemin monte, ce ne sera pas facile. À moi de voir si j'ai du temps à perdre.

Je lui réponds que j'ai de bonnes jambes et lui tends mon argent.

Le car est quasi vide.

Quelques femmes avec leurs enfants et deux vieux me dévisagent quand je passe dans le couloir central. Je m'installe sur la banquette du fond pour éviter les regards curieux. Quelques minutes plus tard, le conducteur met en marche sa machine, secouant les passagers d'un côté puis de l'autre, avant de prendre de la vitesse et de quitter le village.

J'écoute les enfants assis derrière lui qui imitent bruyamment le son du moteur avec leur bouche. Leurs mères bavardent une rangée derrière sans se soucier du vacarme.

Par la fenêtre, le paysage défile.

Je réalise que je n'ai pas réfléchi à ce que je ferais si je tombais nez à nez avec l'Entrepreneur, ni à ce que je lui dirais. Il ne sait pas qui je suis, et il est impossible qu'il me reconnaisse. Je ne peux tout de même pas me présenter comme étant sa fiancée, ni lui rappeler que dans deux ans il doit pointer le bout de son nez à la ferme de mes parents.

Il me sera difficile de lui reprocher, le jour de nos retrouvailles, que ma mère est alitée à cause de sa famille, et il me sera encore plus difficile d'expliquer que j'ai demandé l'aide de la police pour le retrouver. Enfin, je me sens incapable de lui avouer que je suis au courant pour l'actrice américaine.

Assommée par la chaleur et le balancement du car qui entame laborieusement son ascension du plus haut col routier de la région, je finis par m'endormir. Le chauffeur me réveille une trentaine de minutes plus tard en me secouant l'épaule. Je le regarde hébétée avant de comprendre que je suis arrivée à destination.

« C'est ici », dit-il en désignant la route déserte.

Les passagers indiscrets se sont retournés et me regardent en silence. Je descends rapidement par la porte arrière en remerciant le chauffeur qui m'indique la direction à prendre en tendant son doigt vers le sud.

À son air intrigué, je comprends qu'il se demande ce qu'une jeune femme comme moi peut bien aller faire seule au milieu de nulle part, sur une route de montagne déserte et cernée par les arbres.

Le sentier qui mène à Vourno est à moitié mangé par les ronces et les fougères. La nature s'est étendue tout autour et camoufle l'entrée du chemin. Tout indique qu'il n'est plus emprunté.

Le petit hameau est au bout, avec ses maisons en pierre qui se font face et qui s'écroulent. Certaines ont le toit détruit, d'autres ont la façade si fissurée qu'on y voit à travers. L'endroit est minuscule et offre un spectacle désolant.

Je regrette aussitôt d'être venue seule dans ce lieu abandonné sans même un chien galeux pour me tenir compagnie. Je reste plantée au milieu de la place principale, intimidée par les bâtisses aux fenêtres éventrées. Le silence au milieu des ruines serait total sans le sifflement de l'air qui se faufile entre les interstices des murs. Le bruit d'un volet qui claque me fait sursauter. Il n'y a pourtant pas de vent.

L'absence de vie me met mal à l'aise. Qu'est-ce que j'espérais trouver dans ce désert ?

Je m'assieds sur la margelle d'un puits et j'attends. Je voudrais que quelque chose se passe, mais le temps s'écoule et rien ne bouge autour de moi. Je reste ainsi quelques instants à attendre. Je ne sais même pas à quelle heure repassera l'autocar sur la grande route.

Je me relève dépitée, secoue ma robe du sable de la pierre et regarde une dernière fois autour de moi. Ce lieu est désespérément et définitivement vide. Je quitte le hameau et retourne sur le chemin en priant pour qu'un bus ou une auto me ramène rapidement chez moi.

12.

À mon retour, il fait presque nuit. Les montagnes sont devenues noires et les champs tout autour se sont teintés d'un bleu-gris brumeux. Par chance, après avoir attendu puis marché des heures sur la route, j'ai croisé le dernier car qui descendait des villages du nord.

En arrivant, je perçois une effervescence inhabituelle. L'atmosphère a changé depuis le matin. Des murmures nerveux troublent le calme de la petite place.

Je réalise qu'au village on parle déjà de mon expédition.

Le guichetier ou le conducteur de l'autocar, à moins que cela soit ses passagers, racontent que je suis partie seule dans la montagne. Que je suis partie *errer* on ne sait où. Mon comportement étrange laisse à penser que je suis devenue folle, que le soleil d'été m'a retourné la tête.

C'est ce que prétendent les vieux. Ils prédisent que c'est mauvais signe.

« C'est de famille, rectifient les voisines. Après la mère, la fille. »

Lors de ma descente du car, les gens se sont immobilisés pour me regarder et, pendant que je passe parmi eux, ils me dévisagent de leurs regards réprobateurs.

Je comprends qu'ils vont m'attirer des ennuis. Je sais

qu'ils omettront volontairement de mentionner Vourno. Il est plus attrayant de laisser croire que je suis partie errer sans raison dans la montagne, et que la petite fiancée est aussi frappée que sa mère. Je traverse la place tête basse en accélérant le pas.

Déjà, la rumeur grossit dans mon dos.

Le persiflage venimeux du village me poursuit jusqu'à la ferme. J'ai beau courir, il me rattrape. Il se faufile à travers les pierres, le long des chemins et se répand dans l'air tout autour de moi. Je pousse la porte de la maison et la referme aussitôt pour faire barrage à tout ce tapage.

Je suis soulagée d'être arrivée. Tout est silencieux à l'intérieur. Je n'allume pas et m'effondre sur le canapé, épuisée. Dans le noir, je ferme les yeux et tente de réfléchir calmement à ce que je dirai à mes parents quand les ragots atteindront la ferme. J'imagine différentes explications quand la voix de ma mère retentit dans la pièce.

« Tu es fière de toi ? »

Je sursaute. Desa se tient dans l'encadrement de la porte, droite dans sa longue robe de chambre, les yeux noirs de colère. Mon père est derrière elle, en retrait.

Elle me foudroie du regard.

« Tu es fière de toi ? » répète-t-elle en sifflant de rage.

Que puis-je dire ? La rumeur a été la plus rapide.

Je sais que je ne dois pas répondre, le ton de ma mère n'attend pas d'explications. Mais je bredouille quand même en me levant du canapé que je n'ai rien fait de mal.

— Ce sont les gens du village qui voient le mal partout. Je suis juste allée à Vourno, c'est tout. C'est un hameau où il n'y a plus personne, même pas un chien qui aboie pour rompre le silence.

— Tais-toi ! crie ma mère.

D'un geste sec, elle appuie sur l'interrupteur et la lumière du salon nous éblouit.

« Si c'est pour faire jaser que tu es là, tu peux retourner à la ville. On n'a pas besoin de ça ici. »

Je comprends pareillement *besoin de ça* ou *besoin de toi*, et tends la main vers ma mère pour la supplier d'être gentille. Le corps douloureux et fatigué, je n'ai pas la force d'endurer un énième rejet.

Ma mère est bouleversée et furieuse.

Le village a fait son œuvre : on y murmure déjà d'affreuses histoires sur la santé mentale de la petite fiancée.

À côté de ma mère, mon père se frotte le visage. Il est encore blanc de la poussière du ciment. Son inquiétude lui a fait oublier de se laver de sa journée. Il me regarde tristement.

— Est-ce que c'est vrai, Nina ? finit-il par demander.

— Je ne sais pas ce que tu as entendu, mais je suis allée à Vourno pour avancer dans mes recherches. Je voulais savoir s'il était là-bas.

Mon père baisse la tête.

« Je le cherche, Papa, parce qu'il est forcément quelque part. On ne disparaît pas comme ça… Mais là-bas, tout était désespérément vide et en ruine. »

Il ne faut pas longtemps à ma mère pour comprendre ce que trame sa fille. Et devant son visage stupéfait, je ne peux m'empêcher de tout lui dévoiler. Mes premières recherches, ma rencontre avec le commissaire, un homme gentil mais moqueur, puis avec le journaliste trop pressé qui s'est souvenu du hameau abandonné. J'avoue mes difficultés à trouver des pistes, mais je la rassure, je ne compte pas en rester là. Je vais remuer ciel et terre pour le retrouver, parce que si on doit compter uniquement sur sainte Teresa, on n'est pas près d'y arriver.

— Ma pauvre fille, me rembarre froidement ma mère, tu crois vraiment que tu vas le retrouver alors que la police n'a pas pu mettre la main dessus ?

J'avais volontairement omis de lui dire que plus personne ne s'intéressait à l'Entrepreneur et que la police était la première à l'avoir oublié.

— Et toi, Maman, que sais-tu ?

Le corps de ma mère se crispe.

J'insiste.

— Peux-tu me dire comment s'appelle l'Entrepreneur ?

Mais déjà elle se redresse et me toise avec une moue de mépris.

— Tu te crois plus maligne que nous, hein ?

Maintenant ma mère ricane.

« Mais est-ce qu'on demande seulement son nom à l'Entrepreneur ? Quand on lui parle, on baisse les yeux et on baise la main de sa mère. Puis on les remercie, lui et sa famille entière, d'accepter de te prendre parmi eux. Surtout lui ! Lui, tu le bénis de bien vouloir épouser une fille comme toi. Et toi, pauvre idiote, tu voulais que je lui demande ses papiers ? »

Je n'en reviens pas. Dans sa hâte de conclure une bonne affaire, ma mère m'avait promise à un homme dont elle ignorait jusqu'au nom.

Desa ne savait rien de lui en dehors de ce que disaient les apparences. Elle ne savait rien non plus de sa famille en dehors de l'impression produite sur les voisines.

Je suffoque.

Ma mère est une maquerelle snobinarde prompte à offrir

sa fille sans négocier les termes du contrat. La grosse voiture noire et les beaux costumes lui avaient tourné la tête. La malhonnêteté prometteuse du fiancé et la peur qu'il inspirait l'avaient éblouie.

Je suis consternée. Desa continue pourtant de me défier.

— Je sais ce que tout le monde sait : sa richesse et sa puissance.

— Mais son nom…

— Ça suffit ! hurle ma mère en attrapant une carafe posée sur le buffet qu'elle jette violemment contre le sol. Tu n'étais apparemment pas assez bien pour lui, me crache-t-elle au visage avant de s'élancer dans les escaliers.

Quelques secondes plus tard, la porte de sa chambre se referme en claquant et le silence est rétabli dans la maison.

Mon père est déjà parti dans la cuisine chercher de quoi nettoyer les dégâts. Je lui arrache le chiffon des mains et me baisse pour ramasser les morceaux de verre éparpillés. La carafe brisée contient les larmes de ma mère. Calculatrice et imprudente, elle paie aujourd'hui le prix de son appétit. Ma mère est un monstre, mais aussi la victime de ses propres ambitions.

« Ça va, ça va », s'impatiente mon père au-dessus de moi. Et il m'enlève le torchon des mains.

« Tu fatigues ta mère à traîner là. Quand repars-tu ? »

Son injustice me comprime la poitrine. Je grimpe à mon tour dans ma chambre sans prononcer un seul mot, le laissant seul avec son air désolé et son torchon dans les mains.

Je ne descends pas dîner avec lui. Allongée sur mon lit avec mon chat, je décide de repartir dès le lendemain matin. Il ne sert à rien de s'obstiner quand chaque visite est un supplice.

13.

Tôt le matin, je descends ma valise. Je suis prête à partir. Dans la cuisine, mon couvert de la veille est toujours posé sur la table. Mon père ne l'a pas débarrassé, pensant sans doute que je me lèverais pendant la nuit pour manger.

Il est parti de bonne heure à l'usine, m'évitant une rencontre inutile. Nos altercations le rapetissent chaque fois un peu plus, et je doute qu'il n'en éprouve pas de honte. Mais parce qu'il manque de courage, il se tait et espère qu'un jour tout redeviendra comme avant grâce à une opération du Saint-Esprit.

Mon père aurait pourtant bien voulu demander de l'aide, mais il ne sait pas comment faire. Il pourrait imiter ma mère qui prie sainte Teresa. Même si, en réalité, on ne peut pas réellement affirmer qu'elle prie.

« C'est bien beau d'aider les miséreux et les mourants, mais il faut aussi penser aux autres », a l'habitude de s'énerver ma mère en parlant à une statuette en stuc de la sainte.

Non, Desa ne prie pas. Elle discute, elle exige, elle négocie.

Algerk, lui, n'ose pas.

À l'étage, la mère-monstre guette les bruits pour s'assurer que sa fille va bientôt partir. Je ne manque pas de claquer violemment la porte derrière moi, et traîne ma valise dans la poussière du chemin jusqu'à l'arrêt du bus.

Les voisines n'osent pas se montrer mais je perçois les regards derrière les fenêtres.

Qu'elles aillent toutes au diable !

L'autocar s'arrête en grinçant. Je saute à l'intérieur, hissant sans effort ma valise à moitié vide, et passe devant le conducteur sans le saluer.

Depuis la veille au soir, je ressens une profonde colère. Non pas à cause du village mais à cause de mon père. Que s'est-il passé dans sa tête pour qu'il m'oublie ? Je ne me rappelle pas lorsque j'étais enfant qu'il prenait systématiquement et injustement le parti de ma mère contre moi.

Étrangement, l'image que je garde de mes parents jusqu'à l'âge de mes six ans est celle d'un élégant couple amoureux.

Ma mère était belle avec ses longs cheveux noirs qu'elle laissait flotter dans son dos, et je savais déjà interpréter les regards d'adoration que mon père posait sur elle. Il ne pouvait pas s'empêcher de la prendre dans ses bras et de la serrer contre lui dès qu'elle le frôlait ou s'approchait d'un peu trop près. Ils riaient souvent et ma mère n'était pas une femme triste.

Ces souvenirs me laissent perplexe. Alors je tente de me souvenir de l'entre-deux, de ce petit intervalle entre la période heureuse et la promesse donnée. Un temps infime. Une année, peut-être deux. Un temps insignifiant pendant lequel tout a basculé. D'abord les moutons qui ne rapportent plus, entraînant la faillite de la bergerie, puis le malheur de mon père qui décide à contre-cœur de les vendre. Pendant un mois, chaque jour, des dizaines de bêtes avaient quitté la ferme, vidant progressivement les étables.

Après la vente du dernier troupeau, mon père avait rangé

ses bottes dans la grande armoire de la grange, à côté de sa salopette en toile pliée avec soin et de son bâton de marche. Le lendemain, il quittait ses montagnes pour la cimenterie dans la vallée.

Les semaines qui suivirent, lorsqu'il rentrait le soir, il croyait entendre le bêlement de ses moutons qui l'appelaient, alors il restait planté au milieu de la cour et se mettait à pleurer. Parfois, il restait dormir à même le sol de l'ancienne bergerie, dans l'odeur persistante et rassurante des bêtes qui flottait entre les murs.

Ma mère ne supporta pas sa détresse, mais elle détesta plus encore leur nouvelle pauvreté. Sa rencontre avec la famille de l'Entrepreneur fut pour elle une chance inespérée.

Elle ne réfléchit que quelques secondes, il ne lui en fallut pas plus, pour décider d'offrir sa fille et sauver son homme et sa fortune.

Ma mère n'avait pas imaginé que, quelques années plus tard, la ferme ne respirerait plus, le lierre sur sa façade s'assécherait, les pierres s'effriteraient et qu'elle-même se désagrégerait entre les murs.

*

J'arrive au campus courbaturée et épuisée. Même s'il n'est que le milieu de l'après-midi, je n'aspire qu'à prendre une douche chaude et à me glisser entre mes draps pour dormir.

Au moment de pousser la porte de mon bâtiment, je suis accueillie par le gardien. Je le salue brièvement en passant.

— Je suis content de vous voir, dit-il en me rattrapant dans les escaliers. Je voulais vous signaler que vous aviez eu de la visite.

— Ah bon ?

Je suis étonnée, je ne connais pas grand monde à la ville et mes amis de lycée sont tous partis en vacances.

— Une personne est venue me voir ?

— Oui. Mais comme vous n'étiez pas là, elle a dit qu'elle repasserait. Une amie à vous ?

— Je ne sais pas…

Je suis éreintée et le remercie sans m'attarder sur ce rendez-vous manqué. Une fois dans ma chambre, je file sous la douche. Je veux me dépoussiérer du voyage, me laver de la ferme et faire sortir de mon crâne les cris de ma mère.

14.

Le jour suivant, je reste au lit. Je traîne et refuse le moment de me lever jusqu'à ce que la vision déplaisante de ma mère alitée me pousse à m'extirper de mes draps.

Il est midi passé quand j'ouvre en grand ma fenêtre. Dehors, il fait beau. Je respire profondément l'air chaud du parc qui pénètre à l'intérieur de ma chambre. La vue sur les grands arbres me fait du bien. Je décide d'aller m'installer au soleil sur la pelouse du campus et d'y somnoler toute la journée. J'enfile rapidement un tee-shirt et un jean, attache mes cheveux en un chignon bas et quitte ma chambre en laissant la fenêtre grande ouverte.

Au moment où je ferme la porte, ma voisine de chambre sort également de la sienne et se dirige vers moi.

« Je venais justement te voir », me dit-elle avec un grand sourire.

Je ne l'ai encore jamais rencontrée mais j'avais été informée par le gardien qu'une autre étudiante avait pris possession de sa chambre, tout comme moi au début de l'été.

Elle s'appelle Lucia. Elle m'apprend que nous serons étudiantes dans la même université à la rentrée et s'étonne de voir que j'occupe déjà ma chambre.

« Il y a personne sur le campus », dit-elle d'un air curieux.

Elle m'explique qu'elle est venue entreposer quelques affaires, mais repart dès le lendemain. Elle doit rejoindre sa famille quelques jours, puis elle reviendra déposer des bricoles pour sa chambre, histoire de la rendre accueillante pour la rentrée. Une fois son installation terminée, elle repartira cette fois définitivement en vacances.

Lucia parle vite et chaque mot est accompagné d'un sourire. Elle me regarde maintenant avec l'espoir que je lui détaille à mon tour mon programme de vacances, mais je reste évasive. Je réponds que je compte moi aussi rejoindre ma famille, plus tard, dans quelques jours. Je n'en dis pas davantage et lui souhaite de bonnes vacances.

Je m'apprête à lui tourner le dos quand Lucia me rattrape par le bras.

« Et si on allait se balader en ville ? »

Je suis tellement surprise que je ne sais pas quoi répondre. Mais déjà Lucia m'annonce qu'elle refuse de passer la journée et la soirée toute seule.

— Pas question, ça me ficherait le bourdon, rit-elle.

— Je ne sais pas trop…

— Allez, viens ! Tu ne me laisserais pas toute seule déprimer dans ma chambre, hein ? supplie cette fois Lucia en prenant mes mains dans les siennes.

Et, quelques minutes plus tard, sans savoir comment, je me retrouve à trottiner sur les grands boulevards avec la souriante et bavarde Lucia.

Dans l'après-midi, alors que nous sommes affamées, elle propose de nous attabler à la terrasse d'un café et de commander des glaces. L'insouciance de la jeune fille et la douceur de l'après-midi d'été me font rapidement de l'effet. Je suis détendue et éprouve un vrai bonheur à rire avec elle.

Il me semble que cela fait une éternité que je ne suis pas sortie prendre du bon temps.

Depuis le début de l'été, je m'entête à courir derrière un pauvre homme que je dois épouser, tout ça pour sauver ma mère qui refuse de me voir. Quelles sont les filles de mon âge qui vivent ce genre d'histoire ? Certainement pas ma voisine de chambre qui me raconte ses projets de vacances dans la maison familiale au bord de la mer.

Elle me décrit ses étés, leurs journées ensoleillées à nager dans des eaux transparentes. Elle me raconte les rires et le vin sucré sur la plage. Les soirées à danser jusqu'à ce que les premières lueurs de l'aube les envoient tous se coucher. « La vie est une fête ! », s'extasie-t-elle en permanence. L'été, sa maison de famille ne désemplit pas d'amis, de cousins, d'oncles et de tantes, tous bien décidés à profiter intensément des plaisirs que la vie leur offre.

Et pendant qu'elle me raconte sa vie au paradis, j'essaie d'imaginer à quoi peut ressembler une famille qui rit et qui s'amuse tout le temps.

Je suis étourdie par son flot de paroles, mais l'écouter me fait prendre conscience que le commissaire a raison lorsqu'il me traite d'imbécile. Moi aussi, je dois vivre et profiter de la vie. Mais, surtout, je dois envoyer paître ma mère et son affreuse promesse.

Absorbée par la gaieté de la jeune fille, je me laisse aller. Et après quelques heures, Lucia passe du statut de voisine de chambre à celui de nouvelle meilleure amie.

Alors, pour faire écho à son récit et à notre amitié naissante, j'esquisse à mon tour une description de ma famille.

Je lui raconte ma mère, mon père, mon village, et même l'Entrepreneur et mes recherches avec le commissaire. Et pendant que je parle, je ne me rends pas compte que Lucia ne rit plus et qu'elle me regarde d'un air épouvanté. Je me tais, soudain gênée par le silence, et j'implore sainte Teresa pour que « Lucia-la-vie-est-une-fête » prenne mon histoire pour une simple plaisanterie.

Mais elle siffle d'excitation, enthousiasmée par ce qu'elle vient d'entendre.

« C'est fascinant, absolument fascinant ! »

Je la regarde à mon tour, déconcertée.

« Quelle aventure ! Tu es dans une foutue situation, mais quelle aventure », répète-t-elle. Et son sourire s'épanouit jusque derrière sa tête.

Je n'en reviens pas et ris à mon tour.

— J'ai un oncle qui a épousé une femme des montagnes, dit-elle soudain. Bref, elle vient de là-haut, tu vois. Parfois, elle me raconte des histoires comme ça, des histoires qui ressemblent à la tienne… Mon oncle vit avec elle dans son village, continue Lucia. C'est le mal-aimé.

— Le mal-aimé ?

— C'est son surnom. C'est pour l'embêter parce qu'il vit loin de nous et qu'il nous manque.

Je l'écoute sans comprendre où est le lien entre le mal-aimé et mon histoire.

« Il est parti vivre dans les montagnes avec la femme qu'il aime, et il est très heureux parce que, là-haut, fit-elle en désignant des montagnes imaginaires au-dessus de sa tête, il est très respecté, et tout, et tout. Tout ça parce qu'il vient de la ville. Tu vois ? »

Je ne vois toujours pas.

— Réfléchis un peu. Mon oncle est exactement le même homme qu'il soit là-bas ou ici mais, dans ses montagnes, juste parce qu'il vient de la ville et qu'il a des affaires, il est considéré comme un seigneur. Comme ton oiseau, tu vois !

— Pas vraiment, non. Et puis mon oiseau vient vraiment des montagnes.

— Bon, on s'en fiche, c'est pas le sujet. Le truc qu'est important, c'est que les gens peuvent imaginer des choses fausses simplement parce qu'une personne vient d'un endroit différent. Ils finissent par croire ce qu'ils veulent sans jamais vérifier qui est vraiment la personne. On peut facilement vivre dans un monde d'illusions. Tu piges ?

— Oui. Je vois.

Je réponds pour lui faire plaisir.

Lucia-la-vie-est-une-fête m'offre un grand sourire satisfait.

« Mon dieu, ce qu'on est bien ici, fait-elle en s'étirant de tout son long. Tu sais, il n'a pas tort ton commissaire. Je ne vois pas pourquoi tu t'embêtes avec ça. Franchement, Nina, ta mère, elle ne mérite pas ce que tu fais pour elle. »

Je hausse les épaules.

Lucia reste songeuse un moment, puis elle demande, sérieuse :

— Ils vivaient comment tes parents avant cette histoire ?

— Mes parents ? Mieux qu'aujourd'hui, crois-moi. Mais je ne suis pas certaine qu'ils aient été longtemps heureux. Ils ne rient jamais. Ils ne vont jamais s'asseoir à la terrasse d'un café pour boire un verre ou regarder les gens passer. De toute façon, ils ne vont jamais en ville. Leur vision du monde s'arrête aux limites du village.

Je marque un temps.

— Et moi, je vais finir comme eux…

— Épargne-moi ça, tu veux. Et arrête de pleurnicher. Tu

n'es pas obligée de vivre comme eux ni d'être comme eux. Sauf si tu le décides, évidemment, répond Lucia.

Autour de moi, rien ne me rappelle l'endroit d'où je viens. Ni la façon dont les gens vivent ni la façon dont ils parlent. Ici et là-bas sont deux mondes distincts et étanches.

Je tente de l'expliquer à Lucia.

Là-bas, tout évoque un monde achevé, ancien et oublié. Ici, les voitures roulent sur des routes goudronnées, les chemins ne sont pas couverts de cailloux mais de bitume. Les femmes rient et parlent entre elles sans arrières-pensées, elles ne se cachent pas derrière le bois de leurs fenêtres. Ici, enfin, on ne vend pas ses enfants au premier plein de fric venu.

« Cela fait une sacrée différence, crois-moi ! »

Lucia est triste tout à coup. « À croire que tu vis dans un monde sans soleil », dit-elle.

Alors, avant de rentrer sur le campus, elle m'arrache une promesse. Dorénavant, je dois m'amuser, danser et rire avec mes amis. Et surtout avec elle, insiste-t-elle. Et Lucia-la-vie-est-une-fête danse devant moi en soulevant sa jupe.

Dans la liste des promesses, elle ajoute que je dois marcher dans les rues de la ville comme si j'y étais chez moi.

« Tu n'es pas au musée, Nina ! »

Lucia, insouciante et adorable, rit toujours en nous guidant vers le campus. Arrivées devant les portes de nos chambres, je lui colle un baiser sur la joue et lui souhaite une bonne nuit. Puis j'entre dans ma chambre et me couche en priant pour que cette merveilleuse sensation de légèreté soit encore présente au réveil.

Je prie aussi pour ne pas éprouver de honte lorsque je me rappellerai avoir parlé de ma mère-monstre à ma nouvelle amie. Puis je sombre dans un sommeil lourd et profond.

15.

Le lendemain, je vais frapper à la porte de Lucia. Personne ne répond, et je me rappelle qu'elle est partie tôt dans la matinée rejoindre sa famille. J'en profite pour aller m'étendre dans le parc comme j'avais souhaité le faire la veille.

En sortant de mon bâtiment, je passe à côté d'une femme blonde qui fait les cent pas devant la porte. Je n'y prête pas attention et la dépasse pour contourner l'immeuble, quand son interpellation me stoppe net.

« C'est toi, la fiancée ? »

La fiancée.

Je me retourne. La femme est habillée d'une drôle de façon : une jupe rose trop courte et un tee-shirt blanc moulant qui laisse deviner la couleur rouge de son soutien-gorge.

Elle a croisé ses bras et ne cache pas son agacement. « Une heure que je fais le pied de grue ! », grimace-t-elle.

Elle ramène ses boucles blondes peroxydées derrière ses oreilles en trépignant.

« Alors c'est toi ? », répète-t-elle.

Elle se rapproche plus près et je sens son parfum. Un mélange de vanille et de musc.

« T'as pas de langue ou quoi ? »

Elle soupire exagérément.

« Je viens te délivrer un message. La vieille m'a chargée de la commission mais elle serait venue elle-même si ses jambes ne la faisaient pas souffrir... »

Elle marque une pause, le temps de tirer de son sac un paquet de cigarettes. Elle en sort une et l'allume tout en me jaugeant des pieds à la tête. Sa première bouffée exhalée, elle continue de porter sa missive :

— Ils ont été étonnés d'apprendre que tu les cherchais. Ils ne s'attendaient pas à te voir fouiner, et se souvenaient à peine de toi. Mais maintenant, la vieille veut te parler.

Je suis désorientée. Je ne comprends rien de ce que me dit cette femme.

— La vieille ?

— Ben oui, la mère de l'Épervier.

La surprise de cette rencontre me laisse totalement muette.

« Tu comprends ce que je te dis, là ? T'as l'air d'une sotte ! Bref, t'as pas intérêt à lui faire faux bond », continue la blonde peroxydée en tirant sur sa cigarette.

J'approuve bêtement de la tête.

La femme me regarde comme si elle avait affaire à une demeurée, et son expression me rappelle celle que ma mère affiche quand je lui parle. Je secoue vivement la tête pour chasser cette impression de déjà-vu et me concentre sur la femme blonde qui me tend un billet.

Je le prends et le déplie. J'ai un mouvement de recul. Une petite écriture serrée a inscrit au crayon : *Vourno*.

« Ne traîne pas ! Ils t'attendent ! », fait-elle.

Puis, elle me tourne le dos et fait claquer ses hauts talons en s'éloignant.

*

Le commissaire fronce les sourcils en me voyant arriver essoufflée et en sueur à l'intérieur de son bureau. J'ai couru sans m'arrêter depuis le campus pour lui raconter l'incroyable rencontre. Je m'installe sur une chaise en poussant au préalable une fragile montagne de dossiers, et tente de retrouver ma respiration.

Le commissaire me regarde gesticuler, un pli mécontent au coin des lèvres.

— Vous ne pouvez pas débarquer à l'improviste. J'ai du travail, figurez-vous ! Et là, vous me dérangez.

Je lui coupe la parole d'un geste de la main et, bien qu'à bout de souffle, je réussis à articuler :

— Vous n'allez pas me croire !

Je lui raconte la femme blonde peroxydée au tee-shirt transparent et ses paroles énigmatiques : « Ils t'attendent. » Puis l'attitude de la femme que je peine à décrire.

« Méprisante ? », propose le commissaire.

Je l'admets. Elle était un peu dédaigneuse.

Intéressé, le jeune homme lâche son stylo et s'enfonce dans son fauteuil. Il s'interroge sur l'identité de la mystérieuse femme blonde.

Une sœur ? La femme de l'Entrepreneur ? L'Américaine, peut-être ?

— Impossible, elle n'avait pas d'accent !

Je repousse cette éventualité d'autant plus que la femme ne m'aurait pas appelée « la fiancée ».

— Apparemment votre visite à Vourno a fait son petit effet. L'endroit ne devait pas être si désert que ça.

— Vous croyez vraiment qu'ils étaient là-bas ?

— C'est possible.

— Mais pourquoi ne se sont-ils pas montrés alors ?

— Sans doute parce qu'ils ignoraient qui vous étiez.

Le commissaire réfléchit à haute voix.

« Vous les avez fait sortir de leur cachette. Et je ne suis pas certain qu'ils se soient découverts si vous n'aviez pas cherché à les retrouver. Je me demande bien pourquoi… »

Je suis blessée que le commissaire n'imagine pas une seconde que la famille de l'Épervier puisse simplement vouloir honorer sa promesse.

— Après avoir passé tout ce temps à se tenir loin de vous ? répond-il sceptique.

— Pourquoi pas ?

— Deux ans avant la date du contrat ?

— Un mariage, ça s'organise…

Le commissaire soupire cette fois en levant les yeux au plafond.

Il refuse néanmoins de s'attarder sur la question du mariage et affirme que l'Épervier doit avoir des contacts en ville et sans doute aussi au village pour m'avoir retrouvée aussi rapidement.

Je lui rappelle que c'est un homme puissant.

Le commissaire est plus que dubitatif en ce qui concerne le pouvoir de l'Entrepreneur. « Surtout si, comme je l'imagine, il croupit dans les ruines d'un vieux hameau. »

Selon lui, il y a une raison en dehors « de nos fiançailles » pour que sa mère souhaite me rencontrer. Et il emploie le mot *fiançailles* en maugréant.

Contre toute attente, il propose de m'accompagner à Vourno lors de mon prochain voyage.

Je proteste :

— Pas question, vous en profiteriez pour l'arrêter !

— Mais je m'en fous de l'Épervier, s'agace-t-il. Votre

oiseau est vieux et sans doute déplumé à l'heure qu'il est. Je suis juste curieux de voir ce qu'il trame. Et d'ailleurs, ce n'est pas lui qui vous convoque, mais sa mère.

Je m'affole :

— Il est peut-être mort.

— Probablement, répond le commissaire.

Je finis par accepter sa proposition mais impose une condition. J'entrerai seule dans le hameau tandis qu'il m'attendra sur la grande route. La présence d'un policier à mes côtés gâcherait forcément mes chances de retrouvailles.

Le commissaire grogne mais consent à rester en retrait.

« De toute façon, cela me fera du bien de prendre l'air », prétend-il en désignant les piles de dossiers qui s'entassent dans la pièce.

Nous décidons de ne pas attendre et de partir dès le lendemain matin. Je ne m'attendais pas à ce qu'il veuille partir si vite et regrette que Lucia ne soit pas là.

16.

La voiture du commissaire sent le tabac froid et le gras des sandwichs. Sur la route, il m'interroge sur mes intentions et ne s'étonne pas quand je lui avoue que je n'en ai pas.

« Vous n'avez même pas pensé à ce que vous direz à votre future belle-mère ? » se moque-t-il.

Je hoche la tête. Je verrai bien sur place.

Je tourne mon visage vers la fenêtre pour masquer mon inquiétude et me concentre sur le paysage.

La montagne est belle. Nous avons quitté la plaine et nous avons pris de l'altitude. J'ouvre la fenêtre pour respirer l'odeur des arbres et de la mousse fraîche, l'air pur de la forêt. Petit à petit, je réussis à m'apaiser. Sur ces hauteurs, je suis chez moi.

Je suis soulagée d'être accompagnée par le commissaire, même si je le soupçonne encore d'évaluer ses chances d'arrêter mon escroc de futur mari.

Avant de quitter la ville, je lui ai fait promettre une dernière fois de ne rien tenter contre mon oiseau. Il a juste répondu : « Je suis seul et je ne suis pas armé. »

Dans la voiture, il ajoute qu'il est seulement curieux. D'ailleurs, cette escapade représente une occasion unique pour lui de découvrir ce coin perdu dans la montagne, même s'il a peur du vide, et de s'éloigner un temps de la civilisation.

— Je croyais que vous aviez le vertige ?

— Mon vertige a disparu…

— Et votre mal de cœur ?

— Il n'est pas si fort lorsqu'on conduit.

Il me parle en souriant sans quitter la route des yeux.

« Les montagnes sont belles finalement. Vues d'en haut. »

Plus tard, il prétend qu'il s'inquiète aussi, un peu, pour moi. Qu'il est soucieux d'assurer ma sécurité.

— À ce stade de notre relation, vous pouvez même m'appeler Marius au lieu de commissaire, s'amuse-t-il.

— L'air de la montagne vous monte à la tête, commissaire, dis-je en riant.

Redevenue sérieuse, je lui demande s'il pense vraiment que je cours un danger.

« Le plus grand danger pour vous serait de retrouver votre oiseau et de l'épouser », dit-il sans ironie.

La voiture avance vite. Nous approchons du territoire de mon village. Au loin, je reconnais les sommets, les forêts, et la route du col qui mène à Vourno. Le trajet en voiture est bien plus rapide qu'en autocar.

— Avez-vous rencontré mon amie Oum ? me demande-t-il soudain.

— Oui. Je suis allée la voir.

— Alors, cela a-t-il été bénéfique ?

— Je ne sais pas, mon corps ne veut rien me dire.

— D'accord, approuve-t-il, satisfait.

Plus d'une heure après notre départ, je lui indique enfin le croisement entre la route et le petit chemin qui conduit au hameau. Le commissaire ralentit et engage son véhicule dans l'étroit sentier et le gare sur le bas-côté, profitant des buissons hauts pour le camoufler.

Je n'ai plus qu'à faire le reste du chemin à pied. J'hésite un instant avant de sortir de la voiture, puis j'ouvre la portière en jetant un dernier coup d'œil au commissaire. Il n'a l'air inquiet pour rien au monde.

Il me souhaite bonne chance et me conseille de ne pas me dévoiler trop vite.

« Laissez-la venir à vous, vous devez découvrir ses intentions. »

Puis il me fait promettre, au cas où, de hurler le plus fort possible si j'ai besoin d'aide. De là où il est, il m'entendra et accourra.

Je rejoins le hameau et ses maisons écroulées par le sentier que j'avais emprunté quelques jours plus tôt. Instinctivement, je m'arrête au milieu de la place principale, face à la plus grande bâtisse. Rien ne bouge. Tout semble aussi désert que la première fois.

Le soleil éclaire une partie des ruines laissant dans l'obscurité les façades voisines. Mais, cette fois, l'immobilité des pierres et le silence laissent présager que l'on m'observe.

J'appelle d'abord d'une petite voix, puis plus fort :

« Je suis là ! C'est moi, Nina. »

Un bruissement me fait tressaillir. Je me retourne et aperçois une ombre noire qui glisse le long d'une maison, se détache des murs et se dirige vers moi. Mon corps tout entier est pris de tremblements, et pourtant je me sens aimantée par la silhouette qui se rapproche lentement.

La forme est une vieille femme recroquevillée sur un bâton. À une dizaine de pas de distance, elle lève la tête et me fait signe de la suivre. Elle me fait pénétrer dans l'une des maisons en ruine et referme la porte en bois derrière moi. Étrangement, je la suis sans crainte. Elle me conduit à travers des pièces inhabitées, me guide le long d'un couloir aux murs dénudés jusqu'à une pièce plus large qui devait être autrefois une salle à manger.

Dans la pièce quasi vide, le sol en pierre est inondé de soleil. Une longue table en bois blanchie par la poussière et deux fauteuils sont disposés au milieu.

La vieille femme se laisse tomber dans l'un d'eux et, d'un geste du menton, elle me désigne le second fauteuil en face d'elle.

17.

Ses yeux ne me quittent pas. Mi-clos, ils me jaugent et me pèsent. Ils évaluent mon aptitude à être une bonne fiancée.

De ses doigts rabougris, la vieille femme triture le bout de son bâton pendant qu'elle m'examine avec soin.

« Tu as changé, dit-elle. Tu as bien grandi. »

Je suis frappée par sa voix rauque. Une voix de corbeau.

— Sais-tu qui je suis ? demande-t-elle.

— Vous êtes la mère de l'Épervier.

La vieillarde se redresse d'un coup les yeux arrondis, elle ne s'attendait visiblement pas à ce que j'appelle son bandit de fils par son nom d'oiseau. Elle émet un petit rire.

« Tu as raison, mon fils est un oiseau de la plus belle espèce. »

Sans ciller, elle maintient son regard sur moi. Je me force à ne pas baisser les yeux.

Elle demande de sa voix rauque pourquoi je suis venue, l'autre jour, dans ce trou perdu, et qui m'en a donné l'idée.

Sa bru qui habite à la ville m'a retrouvée sur son ordre. C'était facile, tout le monde sait au village que je m'apprête à faire des études, c'est bien pour ça que j'ai repris le bus, non ? Enfin, c'est ce que mon père a dit à ses collègues à l'usine. Sinon, je serais restée à la ferme, en déduit la vieille. Et comme il n'y a qu'une université dans la région…

« Tu vois, c'était vraiment très facile de te retrouver. »

Elle penche sa tête d'un côté, puis de l'autre, et enfonce de nouveau ses yeux profondément dans les miens.

La vieille chouette n'en finit pas de m'observer.

Alors, pour faire diversion, j'avoue que cela a été plus difficile pour moi de les retrouver. Mais pas aussi long que je l'avais imaginé. J'avais surtout eu des difficultés à trouver des informations. Jusqu'à ce que l'idée me vienne de venir à Vourno.

Je mens en prétendant que j'ai visité tous les lieux perdus de nos montagnes dans l'espoir de les retrouver, et ne mentionne ni le journaliste ni le commissaire.

La chouette m'observe toujours.

« Et pourquoi nous cherches-tu, ma petite ? C'est justement ça que je veux savoir. »

Nerveuse, j'ajoute que mes parents ne savent plus si nos familles sont encore liées, et qu'il serait bon d'éclaircir la situation.

La vieille recule dans son fauteuil. Elle semble étonnée et ne s'attendait visiblement pas à ce que j'aborde le sujet.

Je m'en veux, persuadée d'en avoir trop dit.

« Tu te mords la langue d'avoir trop parlé », ricane-t-elle en m'observant.

Et elle s'enfonce un peu plus dans le creux de son fauteuil.

« Tu ignores seulement que ceux qui n'utilisent pas la parole n'utilisent pas leur tête pour résoudre leurs problèmes. »

Puis elle reprend de façon désinvolte :

« Alors, tu es au courant ? »

J'acquiesce.

« Bien », fait-elle.

Je voudrais qu'elle me dise si son fils compte toujours m'épouser et pourquoi leur famille n'est plus venue à la ferme après son évasion. Mais déjà elle reprend :

« Donc tu sais que tu es promise à mon fils le jour de tes vingt ans. »

J'acquiesce encore de la tête.

— Et cela ne t'effraie pas ?

— De quoi devrais-je avoir peur ?

De nouveau, les yeux de la chouette sur moi.

— Tu ne le connais pas, dit-elle.

— Je sais ce que mes parents m'ont dit.

La vieillarde donne des petits coups secs sur le sol avec son bâton. Elle paraît embêtée et détourne un instant la tête pour réfléchir.

J'en profite pour regarder autour de moi. La pièce est vaste et lumineuse avec ses grandes fenêtres qui donnent sur la cour. Les murs sont faits de la même pierre blanche et polie que les sols. J'imagine qu'il s'agit de l'ancienne maison du maître du hameau, et qu'elle devait être très belle autrefois.

La pièce où nous sommes est totalement vide en dehors des deux grands fauteuils en tissu poussiéreux dans lesquels nous sommes installées.

Je me tourne de nouveau vers la vieille femme et sursaute. Celle-ci me fixe durement de ses yeux plissés.

« Très bien, fait-elle. Apparemment, tes parents sont des personnes de confiance. Mais qu'en est-il de toi ? » dit-elle en pointant son index contre ma poitrine. Et elle l'appuie si fort qu'elle me force à reculer.

« Tu vas faire des études à la ville, alors comment puis-je être sûre que tu ne te déroberas pas ? Après tout, tu pourrais vouloir épouser un garçon de ton âge. Tu pourrais aussi t'enfuir. Comment savoir si tu obéiras à ta mère ? »

Je comprends que le mariage ne dépend plus seulement de la volonté de ma mère et de la vieille chouette. Elle se méfie de moi. Elle doute de mon intention de respecter les termes du contrat. Alors, au lieu de la rassurer, je tente de m'affirmer en prenant un ton fâché.

— C'est bien moi qui aie cherché à vous retrouver, non ?

— C'est vrai, mais ça ne suffit pas pour que je te fasse confiance.

— Et vous, alors ? Comment savoir si vous respecterez votre parole alors que vous n'êtes plus venus nous voir à la ferme malgré ce que vous aviez promis ?

— Ne sois pas insolente ! me rabroue sèchement la vieille en se redressant. Comment oses-tu ?

— À cause de vous, ma mère est malade. Morte pour le village…

— Écoute-moi bien, ma petite, je me fous complètement de ta mère ! Son ton de voix et sa façon de parler ont subitement changé. Quant à toi, tu n'as pas intérêt à nous jouer un sale tour, sans quoi tu le regretteras.

— Je n'ai pas l'intention de jouer un sale tour…

De sa main, elle m'attrape par le pan de ma chemise pour me maintenir près d'elle. De ses vêtements et de son corps émane une odeur de poussière et de terre. J'essaie de me reculer mais sa poigne est étrangement ferme pour une personne qui paraît si fragile.

« Tu ne sais pas à quoi tu te destines si tu refuses le contrat », menace-t-elle.

Puis, aussi soudainement qu'elle s'est énervée, elle se radoucit et me lâche. Je me colle cette fois tout au fond de mon fauteuil, le plus loin possible d'elle.

« Je ne voulais surtout pas te faire peur », minaude-t-elle maintenant en m'attrapant le bras.

Et malgré le dégoût que provoquent ses doigts rugueux sur ma peau, je la laisse me caresser la main comme s'il s'agissait d'un petit animal doux.

La chouette penche de nouveau sa tête sur le côté et me sourit.

« Il faut essayer de me comprendre ma petite, continue-t-elle. Mon fils se bat contre la police et se cache du monde entier depuis des années. C'est dur. Nous sommes épuisés. Aujourd'hui, nous avons besoin de répit. »

Sur le ton de la confidence, elle me révèle comment ils ont vécu toutes ces années.

« Avoir du pouvoir entraîne des ennemis, commence la vieille femme. Des tas d'ennemis. C'est la règle. Et plus on a de pouvoir, plus les ennemis sont nombreux et haut placés. Et évidemment, plus ils sont dangereux. C'est la peur de tout perdre qui les rend dangereux », souligne-t-elle.

Elle raconte qu'il leur a été impossible de revenir au village. La police les aurait arrêtés à la seconde même où ils auraient pointé le bout de leur nez. Même elle. Même à son âge. La police est sans pitié. La petite fiancée le savait-elle ?

La vieille mère veut que je prenne la mesure de ce qu'ils ont vécu. Leur fuite continuelle pour se cacher, leur vie à éviter le jour et à ne sortir que la nuit. À devenir invisibles.

« Pire que des animaux », renifle-t-elle.

Épuisés, les frères de l'Entrepreneur ont préféré s'exiler plutôt que de continuer à courir toute leur vie.

« En plus de ne pas avoir de cerveaux, il leur manque des jambes », regrette-t-elle.

Le premier est parti en Amérique, le second quelque part à l'autre bout du pays. Il ne reste que son oiseau de fils, le meilleur, et sa bru qui a eu pitié d'elle et de son âge, et qui a refusé de l'abandonner en partant à l'autre bout du monde. Enfin, elle n'est pas certaine que son fils ait eu l'intention de l'emmener avec lui de toute façon. Mais ça, c'est une autre histoire…

« Depuis toutes ces années, je ravale mes larmes, pleurniche la vieille femme, les yeux secs. Mais mon fils va pouvoir refaire surface. Il y a prescription », assure-t-elle.

Elle compte sur moi pour ne pas me défiler. Je dois contribuer au bien-être de son petit et ne pas déshonorer ma famille.

Je l'écoute et n'ose pas lui apprendre que le monde entier se fiche de l'Épervier. Je ne mentionne ni les journaux qui ont à peine parlé de lui lors de son évasion, ni la police qui l'a complètement oublié. Je ne me hasarde pas non plus à la contredire : son « petit » n'est plus si jeune aujourd'hui.

La vieille mère affirme encore en me serrant la main que je serais responsable de sa mort si je refusais le contrat.

« J'en mourrais ! Et mon fils après moi », grince la voix de corbeau.

Perfide, elle ajoute que c'est finalement ma mère qui en souffrira le plus.

— Ma mère ?

— Tu as dit qu'elle était malade ? dit-elle d'un air faussement ennuyé.

Je refuse de lui parler de ma mère, alitée et malade, et des voisines qui la tuent de leur venin. À sa question, je réponds seulement d'un ton le plus neutre possible :

— Si vous pouviez venir à la ferme, ce serait bien.

La vieillarde se redresse, étonnée. Décidément, je la contrarie.

— Tu ne sembles pas effrayée alors que tu devrais l'être, s'agace-t-elle.

Et le comble, me dit-elle, c'est que je viens réclamer mon fiancé. Comme si c'était un dû ! Elle ne s'attendait pas du tout à ça.

Ses yeux mi-clos se plantent de nouveau dans les miens.

« Je te soupçonne de ne pas être celle que tu prétends être, dit-elle froidement. Je me demande pourquoi tu es là, à m'écouter. »

Je n'ai pas le temps de répondre qu'elle me fait taire aussitôt d'un geste de la main.

« Tu vis à la ville et tu vas commencer des études. Tu vois, je sais tout. Alors, dis-moi, pourquoi tu ne m'envoies pas balader, moi et mon oiseau de fils ? Qu'est-ce que tu mijotes ? »

Je pense au commissaire. La vieille et lui s'entendent pour considérer ma démarche comme totalement saugrenue, mais ses doutes à elle m'apprennent qu'elle ignore forcément ce qui se passe au village et que ma mère vit comme une recluse.

Alors je hausse les épaules et affirme modestement :

« Une promesse a été prononcée et j'en connais le poids. »

La vieille chouette renifle bruyamment. Elle n'est pas convaincue.

Un long moment passe pendant lequel elle reste silencieuse. Puis elle me demande de partir. Elle a besoin de réfléchir, savoir si elle peut me faire confiance. Il n'est pas question de mettre son fils en danger.

Il est donc vivant.

Elle me propose de revenir dans trois jours. Dans trois jours seulement, elle saura si elle peut se fier à moi. Enfin, elle me congédie d'un geste sec.

Au moment où je quitte la pièce, sa voix de corbeau me rattrape :

« Si tu es fiable, mon fils sera là. »

*

Je rejoins lentement le sentier en essayant de mettre de l'ordre dans mes pensées. Je retrouve le commissaire adossé à sa voiture en train de fumer une cigarette. Je m'installe à côté de lui contre la portière et lui rapporte ma rencontre avec la mère de l'Épervier.

Il m'écoute sans m'interrompre, en laissant la fumée de sa cigarette s'échapper lentement de ses lèvres, puis il se tourne vers moi.

« Décidément, beaucoup de vies dépendent de vous, dit-il, ironique. Votre mère, et maintenant cette vieille chèvre et son fils. »

Je lève les mains en rentrant les épaules comme pour reconnaître mon incompréhension.

— La vieille mère tient apparemment à ce mariage autant que la vôtre, mais ses raisons m'échappent.

— Vous pensez à quoi ?

— Je ne sais pas encore, répond le commissaire.

Il est pensif. De mon côté, je me laisse aller à exprimer mon inquiétude. Dans trois jours, je vais rencontrer mon futur mari. Faire des recherches était excitant tant que cela ne donnait pas de résultats mais, maintenant que l'Épervier a refait surface, j'ai peur de devoir m'engager pour de bon.

Je demande d'une petite voix :

« Dans trois jours, vous reviendrez avec moi ? »

Le commissaire pousse un juron en jetant son mégot dans les buissons et continue de pester en ouvrant sa portière de voiture. Je lui adresse un sourire reconnaissant. Cela signifie qu'il m'accompagnera.

18.

Les jours qui suivent me paraissent interminables. Je ne pense qu'à ma prochaine rencontre avec l'Entrepreneur. Je suis à la fois terrifiée et excitée. Tout s'est accéléré si rapidement.

Le premier matin, je me rends au commissariat. J'imagine que l'attente y sera moins pénible. Le commissaire accepte de m'accueillir à condition que je le laisse tranquille et que je ne fasse pas de bruit. Parfois je le surprends à sourire lorsqu'il me voit assise, immobile et silencieuse, au milieu de son bureau en désordre.

Le deuxième jour, le temps d'une cigarette, il prend quelques minutes pour discuter avec moi. Pour la première fois, le commissaire me parle de lui. Il m'apprend que son père travaille à la mairie de la ville et que sa mère est costumière au théâtre. Lorsqu'il était petit, les soirs de représentations, il restait à la maison avec son père et ensemble ils choisissaient un film à regarder à la télévision. Mais les soirs de générale, sa mère leur réservait une loge exclusivement pour eux afin qu'ils assistent à la dernière répétition des acteurs. Cela leur arrive encore de se retrouver aux premières loges.

Je l'écoute avec plaisir, et lui réplique avec enthousiasme qu'elles devaient être bien, ces soirées au théâtre. Mon expression rêveuse doit le mettre mal à l'aise, parce qu'après ça le commissaire change brusquement de sujet.

Tard le soir, je retrouve ma chambre sur le campus. Incapable de rester seule, je vais frapper chez Lucia en espérant qu'elle est de retour, et manque de hurler de joie quand la porte s'ouvre.

— Hello ! lance-t-elle en riant. Je ne m'attendais pas à te voir ce soir. Tu n'as pas sommeil ?

— Si tu savais…

Je lui souris et pénètre dans sa chambre pour la première fois.

La pièce sent la rose et le vernis à ongles. Sa chambre est en tout point identique à la mienne, à la différence près que Lucia l'a déjà joliment décorée. Elle a disposé des objets personnels sur son bureau et sa commode. J'admire sa collection de colliers qui pend à la poignée de son armoire, les voilages mauves devant ses fenêtres. Lorsqu'ils sont tirés, ils répandent une douce lumière tamisée à l'intérieur de la chambre.

Je m'assieds sur un gros coussin posé par terre.

— Je n'étais pas sûre que tu sois là, dis-je, soulagée de revoir ma nouvelle amie.

— Oh, Nina, c'était dingue ! embraye Lucia en agitant ses bras au-dessus de sa tête. Nous sommes allés dans les îles, une pure merveille.

Je la regarde, amusée. Cette fille a le don de me faire du bien. Je la connais à peine mais sa gaieté, ses belles dents bien alignées qui rient tout le temps et sa façon d'être légère m'avaient manqué. Lucia-la-vie-est-une-fête était un cadeau.

Je lui avoue, réconfortée :

— Je suis si contente que tu sois là.

— Toi, tu en fais une tête…

Je baisse les yeux.

— Allez raconte ! ordonne Lucia. Mais avant, dis-moi, rouge ou orange ?

— Comment ça ?

— Pour tes ongles. Rouge ou orange, ou les deux ? fit-elle en secouant deux petits flacons de vernis devant moi.

— Rouge.

Lucia s'accroupit en face de moi et me prend la main.

— Je t'écoute, dit-elle sans lever la tête, concentrée à déposer sur l'ongle de mon pouce un beau rouge brillant.

Je lui raconte alors en détail la blonde peroxydée, la mère de l'Entrepreneur et la convocation pour le rencontrer.

— Je pars seulement quelques jours et voilà ce qui arrive ! C'est incroyable. Alors, que vas-tu faire ?

Je lui réponds d'une petite voix.

— Je le vois demain.

— Putain, c'est dingue. C'est pour ça que tu trembles comme une feuille.

Lucia repose le flacon de vernis par terre et me serre dans ses bras.

— Ma pauvre bichette…

Je glousse. Jamais on ne m'a appelée comme ça.

— Il a intérêt à te surveiller de près, ton commissaire. Pas question que tu te fasses kidnapper ou je ne sais quoi de pire.

Lucia propose de m'accompagner.

— Après tout, nous ne serons pas trop de deux pour faire face à ces bandits pendant que ton commissaire grillera ses clopes dans sa voiture.

Je la rassure en riant.

— Il ne m'arrivera rien. Non, ce qui m'inquiète, c'est la suite…

Je ne lui dis pas mon inquiétude bien que mes mains me démangent comme si une armée de fourmis se baladait sous ma peau. J'ai beau les secouer et les frotter l'une contre l'autre, les fourmis reviennent sans cesse.

Lorsque je retourne dans ma chambre, la nuit est bien avancée. Le ventre noué, je continue d'agiter mes ongles devant moi. Les fourmis se sont transformées en lucioles toutes rouges.

19.

Dans la voiture qui nous amène au hameau, le commissaire tente de détendre l'atmosphère. Il me fait remarquer que depuis ma rencontre avec la vieille mère, je n'appelle plus l'Entrepreneur *mon futur mari*. Je deviens sans doute raisonnable.

Il se trompe mais je le laisse parler.

Aujourd'hui, je vais rencontrer l'homme de la photo. L'homme à la moustache. L'homme auquel ma mère m'a promise quand j'avais sept ans, et qui l'a clouée au fond de son lit.

Pour cette journée spéciale, je me suis habillée avec soin. J'ai pris le temps de choisir une jolie robe et de me maquiller, j'ai lavé mes cheveux et les ai attachés en un large chignon. Je veux faire bonne impression.

Le commissaire est venu me chercher sur le campus. Son regard désapprobateur ne m'a pas échappé lorsqu'il m'a vue sortir du bâtiment. Il me reproche ma robe trop jolie et mon maquillage. Sans parler de mes ongles rouges et brillants. Il n'a pourtant fait aucun commentaire et a pris un air de circonstance en m'ouvrant la portière. Il convient que cette journée est particulière.

Le commissaire connaît désormais le chemin, il n'a plus

besoin de moi pour le guider à travers les sommets. Il gare sa voiture contre les buissons, au même emplacement que la première fois, et coupe le moteur.

« Voilà, nous y sommes », dit-il sans bouger.

Je respire profondément. Avant que je ne m'échappe, le commissaire attrape ma main et nous restons un moment à nous regarder. Puis il me rappelle de crier très fort si je suis en danger.

« Je sais qu'il ne vous arrivera rien, mais sachez que je reste près de vous. Enfin, je ne suis pas loin… »

Je lui souris, reconnaissante, et sors de la voiture.

*

J'emprunte l'unique sentier pour rejoindre le hameau. Une fois arrivée, je me place au centre de la cour, près de la margelle du puits, et j'appelle.

Ma voix ricoche entre les ruines.

Quelques secondes plus tard, la vieille mère apparaît, appuyée sur son bâton, et me fait signe de la suivre. Elle me fait entrer dans la même grande bâtisse délabrée, je la suis à travers les couloirs et les pièces vides. La vieille traîne des pieds et semble marcher avec difficulté.

Elle me fait pénétrer dans la salle à manger en pierre mais, cette fois, elle ouvre une porte dérobée que je n'avais pas vue la première fois, cachée dans un des pans du mur. J'entre dans la pièce adjacente, plus petite que l'autre, et tout aussi sommairement meublée. Les fenêtres de cette pièce ne donnent pas sur la cour principale, mais de l'autre côté de la bâtisse, côté champs. Personne ne peut nous voir du hameau, ni soupçonner notre présence.

Du doigt, la vieille femme désigne un fauteuil tourné vers une grande cheminée dont l'âtre est vide et froid. Un homme y est assis et nous tourne le dos. Je frissonne.

L'homme ne bouge pas, il a la tête baissée et regarde ses mains qu'il tient serrées sur ses genoux.

« Approche-toi », ordonne la vieille en me poussant vers lui.

J'avance lentement vers le fauteuil sans quitter des yeux le dos rond devant moi. Je m'arrête à la hauteur de ses épaules. Je n'ai pas besoin de voir son visage pour savoir qui il est. L'Entrepreneur se tient à quelques centimètres de moi, juste à une longueur de bras.

Je prononce un bonjour poli, et l'homme hoche la tête sans prendre la peine de se retourner.

La gorge sèche et la voix hésitante, je réussis quand même à articuler.

« Je suis votre fiancée. »

Une fois prononcée, cette appellation me semble inappropriée et ridicule. Cela amuse également l'homme, je le vois à l'ourlet de sa lèvre qui s'étire dans un léger sourire.

Il se retourne alors et je découvre ses yeux plissés, identiques à ceux de la vieille chouette. Il me désigne le second fauteuil, exactement comme l'avait fait sa mère avant lui.

Les mêmes yeux, les mêmes gestes.

« Ma fiancée ? Alors je suis un homme chanceux », dit-il enfin.

Je m'assieds avec précaution dans le fauteuil. Je suis mal à l'aise. Je ne comprends soudain plus ce que je suis venue faire et pourquoi j'ai tant cherché à retrouver cet homme.

Il s'amuse. Et son sourire n'est ni carnassier ni mauvais. C'est un sourire ordinaire.

— Êtes-vous l'Épervier ?

Il rit cette fois franchement.

— Vous en doutez ? Bien sûr, ce n'est plus si évident.

L'homme est grand et imposant mais il se tient le dos courbé, comme si un poids lourd écrasait ses épaules et l'empêchait de se redresser. Son visage est sombre, une ride profonde forme un creux entre ses deux sourcils et lui donne un air belliqueux, mais sa voix est étrangement calme et douce.

Au moins, il n'a pas hérité de la voix de corbeau de sa mère.

Je m'étonne qu'il n'ait pas l'air si vieux, ses cheveux sont à peine grisonnants. Par contre, tout son corps semble harassé et ses yeux sont éteints. L'homme a l'air exténué.

Je m'attarde sur sa moustache et pense à l'ombre noire laissée sur la photo posée sur le buffet de mes parents. Sa moustache n'a plus rien à voir avec celle qu'il possédait autrefois. Sur le visage de l'homme, elle a tant poussé qu'elle se confond désormais avec sa barbe tout entière, et le prive de la mine arrogante qu'il affichait alors.

Je remarque son costume rapiécé et délavé, son pantalon usé, sa veste défraîchie, et le col amolli de sa chemise ouverte. Ses chaussures n'en mènent pas large non plus, de vieux mocassins noirs mangés par la poussière, et dont le cirage étalé pour leur donner un peu d'éclat s'émiette et fait craquer le cuir.

Je suis désenchantée. À vivre caché toutes ces années, le bandit est devenu loqueteux. À croire qu'il ne s'est pas changé depuis son évasion.

Le dos rond, penché sur ses genoux, les mains serrées l'une contre l'autre, il me regarde de biais. Sourcils froncés, il se laisse examiner et sait que tout ce que je vois le déprécie.

Je surprends son regard et j'ai honte.

« Voilà, dit-il en écartant les bras comme pour dire la fatalité de ce qu'il est devenu. Vous avez devant vous le fier Épervier. »

Que dire ? Je ne m'étais pas préparée à rencontrer un homme aussi dépouillé ni aussi impassible. Toutes ces années de planque l'ont anéanti.

Consternée, j'en oublie la vieille chouette qui nous observe depuis la porte et qui s'impatiente. Mon effarement ne lui a pas échappé, et elle se met à siffler de sa voix rauque.

« Il ne faut pas se fier aux apparences. Il s'agit toujours du même homme ! Tu ne peux pas ignorer ses années d'errance et de souffrance. Tu dois te souvenir de sa réputation avant l'évasion, de l'effet qu'il produisait sur le village ! Mais surtout, jeune fille, tu ne dois pas oublier la promesse de ta mère malade. »

L'éclat hypocrite de la vieille me fait tressaillir. Je la hais d'évoquer ainsi ma mère.

L'homme s'en rend compte et, d'un geste sec de celui qui a l'habitude d'exercer son autorité, il fait taire sa mère. Vexée, celle-ci va s'asseoir près de la fenêtre, sur un botte-cul qu'elle adosse contre le mur.

Son fils l'interpelle alors gentiment comme pour s'excuser de l'avoir malmenée :

« Allez, la mère, comment pourrais-je être le même homme ? »

Puis il revient à moi et relève la tête.

— Vois où je vis ! dit-il en désignant la pièce autour de lui. Je me terre depuis des années comme un vagabond avec ma mère. Sans ma belle-sœur pour nous aider, nous serions morts de faim, de froid et de honte. Ma mère, réduite à la mendicité…

— Tais-toi, siffle la vieille dans son coin.

L'homme se passe la main sur le visage comme s'il se réveillait après un long sommeil. Puis il se redresse et avance son fauteuil plus près du mien.

— Alors, dis-moi, au-dehors, qui parle encore de moi ?

Il m'interroge le regard fiévreux, avec l'espoir d'entendre que le monde se souvient encore de lui. Mais je reste silencieuse et baisse les yeux.

« Je ne suis plus rien, devine l'Entrepreneur. C'est ça… »

Il respire fort. Les yeux rivés au sol, il reste un long moment sans bouger.

Enfin il me confie que ses relations ont foutu le camp dès qu'elles ont appris son évasion. À peine avait-il mis un pied dehors qu'elles se sauvaient comme des rats. Sa fuite ne les arrangeait pas, il n'était plus question pour elles de le couvrir, elles avaient trop peur d'être compromises.

Après des années de cavale, il n'avait pas eu d'autre choix que de venir se cacher dans l'ancienne ferme de son frère, ce hameau qu'il a déserté pour partir en Amérique. Au moins, depuis qu'il était ici, il n'avait plus à courir. Personne ne pouvait imaginer qu'il se cachait dans ce trou comme un chien pouilleux.

« À part toi », dit-il en me fixant de nouveau, un sourire triste sur le visage.

Je n'en reviens pas. L'homme en face de moi n'a rien du criminel que j'avais imaginé. Je n'arrive même pas à discerner en lui ce qui a pu impressionner le village autrefois.

J'affiche une moue de dépit. Je ne sais pas si je suis déçue ou rassurée mais, une chose est sûre, je suis totalement désorientée.

— Pourquoi me recherches-tu ? demande enfin l'homme.

— Ma mère est malade depuis que votre famille ne vient plus à la ferme. À cause de la promesse. Vous savez…

Il se met à rire.

— Si ta mère voyait notre misère, elle renoncerait d'elle-même à notre contrat. Qui voudrait donner sa fille à un miséreux ?

— Sauf qu'elle ne peut pas revenir en arrière… À cause du village.

Mais je suis désormais convaincue que ma mère mourrait si elle savait la vérité. De honte d'abord, humiliée d'avoir contracté avec une famille aussi pitoyable. De rage ensuite, contre ceux qui n'ont pas su faire prospérer l'affaire familiale.

Je me risque de rappeler à l'homme que ses frères devaient faire tourner son commerce et s'occuper de ma famille pendant son absence.

Et pendant que je parle, la vieille chèvre s'agite sur son tabouret à un pied.

« Que veux-tu que je te dise ? Mes frères sont des guignols. Ce ne sont pas des *businessmen.* Ils ont dilapidé mon argent en un rien de temps, et se sont mis mes relations à dos. Des abrutis, qui se sont enfuis quand je me suis évadé pour ne pas avoir à m'affronter. »

Je jette un regard froid à sa mère qui m'a raconté une tout autre histoire.

L'homme serre les poings. Il n'est plus rien à cause de ces crétins, dit-il. Le plus vieux a traversé l'Atlantique en abandonnant sa femme ici. L'autre a détalé, il ne sait où, pour ne pas tâter de son couteau.

« Des imbéciles et des lâches ! » répète-t-il.

Sa vieille mère qui entend tout se rapproche pour cajoler son fils.

« Tu as raison, mon fils, ils ne te valent pas, lui dit-elle de sa voix mielleuse. Aucun n'est aussi courageux que toi, et aucun n'est aussi intelligent. Mais il faut laisser le passé où il est. Ne ressasse pas, mon fils. »

Elle murmure pour l'apaiser.

— *Ruminer le passé nuit à la santé*, dit le dicton.

— Arrête, la vieille, l'interrompt l'homme en se redressant.

Mais sa mère n'a pas l'intention de se taire.

— Écoute-moi ! La mère de la petite est malade, le savais-tu ? Et qui sait combien de temps il lui reste à vivre. Et toi, tu voudrais qu'elle ne puisse pas honorer sa promesse avant de mourir ? s'indigne la vieille en faisant un rapide signe de croix. Tu voudrais qu'on laisse la petite à son malheur et que sa mère meure comme une misérable sans une voisine à son chevet ?

— Ma mère ne va pas mourir !

Je crie en me levant d'un bond.

— Tais-toi ! me rabroue la vieille en me repoussant brutalement au fond de mon fauteuil.

La bave à la bouche, elle continue de brailler.

« Ces choses-là arrivent bien plus vite qu'on ne le croie. Un jour, ta mère respire, et le lendemain, c'est fini, tu la retrouves raide comme une planche de bois. »

Elle se tourne alors vers son fils en le prenant à partie.

— Tu voudrais que la petite qui a fait tant d'efforts pour te retrouver ne puisse pas faire le cadeau à sa misérable mère de revenir au village avec son fiancé au bras ? Tu voudrais qu'elle l'enterre sans personne pour s'incliner sur sa tombe ?

La pauvre petite, autant qu'elle se jette dans le trou, et son père avec elle, siffle-t-elle.

— Arrête ! rugit l'homme en donnant un violent coup de poing dans le bras de son fauteuil. Je sais ce que tu cherches à faire. Où est ton honneur, mère ? Tu veux que ton fils devienne le mendiant d'une famille d'éleveurs de moutons ?

Les cris de l'homme me font peur, je me contracte au fond de mon fauteuil. Les yeux exorbités, la mère recule à son tour et retourne s'installer sur son tabouret de traite à un pied. Mais, même assise, elle garde ses yeux plantés dans ceux de l'homme.

Mère et fils s'affrontent en silence. L'homme immobilise sa mère de son regard mauvais et l'empêche de répliquer, tel un maître tient en garde son chien en le clouant au sol du regard.

Puis, sans crier gare, il hurle à mon adresse de partir. Comme je ne réagis pas, il crie encore plus fort :

« Fous le camp ! »

Je ne comprends rien. Je dévisage l'homme, puis la mère, je vais de l'un à l'autre mais aucun des deux ne répond à mon regard. Je prends peur et me lève lentement, craignant qu'un geste brusque de ma part n'attire leur attention et ne projette leur colère contre moi.

Je quitte le hameau en courant et dérape à plusieurs reprises sur les cailloux avant de rejoindre le commissaire.

*

Je tremble encore lorsque je m'engouffre dans la voiture. Je claque la porte derrière moi et par réflexe j'appuie sur le loquet de sécurité pour m'assurer que nous sommes enfermés, à l'abri à l'intérieur du véhicule.

Le commissaire attend patiemment que je parle.

Tout a été si différent de ce que j'avais imaginé. D'abord le calme et la gentillesse de l'Épervier, puis sa colère dirigée contre sa mère. À cause d'elle, j'ai été chassée du hameau sans avoir eu le temps d'apprendre l'essentiel.

Je décris, un peu honteuse, la déchéance de celui qui a été si puissant.

Après un long moment, le commissaire me fait part de ses réflexions.

« C'est donc pour la ferme que la vieille veut vous faire épouser son fils. Elle n'en peut plus d'avoir le ventre vide et de croquer les racines, et elle espère avoir un toit chaud au-dessus de sa tête pour le reste de ses vieux jours. »

Le commissaire semble amusé.

« Quand votre mère le saura, elle sortira de sa chambre illico presto et annulera ce fichu contrat. »

Je suis terrifiée. Le commissaire se trompe. Ma mère mourra humiliée quand elle apprendra l'état de pauvreté de l'Entrepreneur, et pire encore si le village est informé.

— Les gens du village ne sont pas obligés d'être au courant, souligne le commissaire.

— Chez nous, tout le monde sait tout sur tout. Et puis, elle, elle le saura. Et ça suffira pour la faire mourir de honte.

J'ouvre la fenêtre et inspire un peu d'air.

Le commissaire est pensif. Il médite à la fois sur la vieillarde qui s'applique à marier son vieux garçon pour mettre ses os à l'abri, et sur ma mère qui a vendu sa fille, il y a une douzaine d'années de ça, pour vivre au-dessus de sa condition. Quelle ironie pour ces deux familles qui ignorent visiblement tout de la pauvreté de l'une et l'autre.

« Finalement, se dit-il, j'avais raison : ces montagnes ne sont pas des territoires convenables. »

Le commissaire bougonne en mettant en marche le moteur de sa voiture :

« Pardon de me répéter, mais si votre mère n'était pas aussi soucieuse des apparences, ce serait plus simple. Elle enverrait paître la vieille chèvre et son fils »,

Et pendant que nous quittons les sommets, je ne peux m'empêcher de ressasser ce que l'homme a crié.

« *Tu veux que ton fils devienne le mendiant d'une famille d'éleveurs de moutons ?* »

Il ne veut pas de ce mariage. Il ne veut pas être un mendiant. Mais pour quel genre de femme a-t-il pris ma mère il y a douze ans de ça ? Une mendiante, très certainement…

20.

Le commissaire me ramène au campus. Je quitte la voiture sans un mot. Démoralisée, j'oublie de le remercier et referme la porte derrière moi avant de regagner mollement mon bâtiment. Le commissaire me regarde m'éloigner, persuadé que ces retrouvailles ratées ont été nécessaires pour que je puisse mener ma vie loin des montagnes.

Je pousse la porte de ma chambre et m'effondre sur mon lit. L'Épervier est donc cet homme sans une once d'éclat… Comment ai-je pu l'imaginer autrement, après toutes ces années à vivre au milieu des ruines ? Je m'attendais bêtement à le retrouver aussi riche et puissant qu'avant, à rencontrer un homme d'affaires fortuné qui aurait eu la bonne idée de changer d'identité.

C'est idiot, il aurait dû y penser.

Je n'ai pas le courage d'affronter mes parents et décide qu'un simple coup de fil suffira pour leur apprendre la triste vérité. Toutefois, je choisis de leur épargner les détails et d'inventer un mensonge pour ne pas dire la honte qui justifie la fin du contrat.

Peut-être devrais-je imaginer un départ précipité en

Amérique pour celui qui fuit la police. Cette version rendrait la situation sans doute plus tolérable.

Je dois faire le tri entre ce qui doit être dit et ce qui doit être fait. Et, pour cela, j'ai besoin de Lucia. Quelques secondes plus tard, je frappe à sa porte. Celle-ci explose de joie quand elle me voit.

« Tu n'es pas morte ! » s'exclame-t-elle.

Et elle me tire par le bras pour me faire entrer.

« Alors ? »

Je ne sais pas par où commencer, mais Lucia sort déjà une bouteille de vin pétillant de son petit frigo.

— Fêtons d'abord le fait que tu es toujours vivante ! grogne-t-elle de plaisir.

— Lucia, il est trop tôt !

— On s'en fout ! Tu viens certainement d'échapper à quelque chose de terrible alors arrête de faire ta rabat-joie !

Elle attrape deux verres qui traînent dans sa salle de bain, les remplit, et m'en tend un sans que je puisse protester davantage.

« Les petites bulles remontent le moral ! affirme Lucia très sérieusement. C'est scientifique ! »

Elle s'assied en tailleur sur son lit et me fait signe de m'asseoir près d'elle.

« Allez, je t'écoute. Je veux tout savoir. »

Je lui raconte en détail mes tristes retrouvailles avec l'Entrepreneur. Lorsque j'ai terminé, Lucia siffle d'admiration.

« Tu as réussi, Nina ! Tu l'as retrouvé. C'est ce qui compte. Enfin, réjouis-toi ! »

Je hausse les épaules, peu convaincue.

— À voir ta tête, ce n'est évidemment pas ce que tu espérais.

— Si tu l'avais vu. Il est si désœuvré, si loin de ce que j'avais imaginé.

— Oui, évidemment. La pauvreté, ça laisse des traces. Ma mère dit toujours que ça enlaidit et que ça fait vieillir prématurément. Ce n'est pas faux, tu sais…

Je lève les yeux au ciel tout en me réjouissant de la frivolité de mon amie.

Redevenue sérieuse, Lucia demande :

— Que comptes-tu faire ? Quand comptes-tu l'annoncer à tes parents ?

— C'est bien tout le problème. Je ne peux pas leur dire, ça tuerait ma mère.

— Ne sois pas ridicule. Elle te foutra enfin la paix quand elle apprendra à qui elle a affaire.

— Je ne sais pas…

— Merde alors, un bouseux ! pouffe Lucia en finissant son verre d'une traite.

Je soupire.

— Comment le dire à ma mère ?

— Rien ne presse. Prends d'abord le temps de digérer la nouvelle situation. Ensuite, tu verras.

— Tu as raison. Dis-moi, quand repars-tu ?

— Dans deux jours.

— Déjà !

Et Lucia-la-vie-est-une-fête s'enflamme de nouveau en évoquant ses vacances à venir. Elle pose son verre vide sur sa table de chevet.

— Le mal-aimé sera là, lui aussi. Avec mon cousin et sa femme des montagnes, dit-elle en riant.

— Pourquoi l'appelles-tu encore le mal-aimé ? Tu m'as dit que tu l'adorais.

— Bien sûr que oui. C'est pour me moquer.

— Quelque chose dans l'histoire de ton oncle me plaît, dis-je en avalant une dernière gorgée de vin.

Et Lucia me ressert aussitôt.

— Je ne bois jamais d'habitude.

— Eh bien trinquons à Nina-la-rabat-joie ! rit Lucia en levant son verre.

Il est tard dans la nuit lorsque je regagne ma chambre. Avant de me laisser couler dans un sommeil alcoolisé, je me persuade finalement de retourner une dernière fois au village pour annoncer à mes parents la terrible nouvelle. C'est tout de même mieux qu'un simple coup de fil.

Je veux qu'ils sachent que le fiancé est un pouilleux et sa vieille chèvre de mère, une maquerelle tout comme la mienne. Rien de bon ne pourra sortir d'une alliance avec cette famille. Leur misère est une honte. Une honte ! L'oiseau désormais déplumé est incapable de voler de ses propres ailes et devra tendre le bec pour manger dans la main de mon père. Une source de dépenses inimaginable pour celui qui ne peut pas entretenir sa fille à la ville.

Je ne sais pas quelle sera la réaction de ma mère, ni quelle sera sa décision, mais je doute que la nouvelle me permette de retrouver son affection.

21.

Au réveil, l'idée s'est imposée et ne m'a plus lâchée.

Il ne fallait finalement pas plus qu'une légère ivresse pour rendre évident ce que je devais faire. Mon plan est osé, simple, mais audacieux. Bien sûr, il va falloir convaincre l'Entrepreneur, maîtriser sa vieille mère et mentir à mes parents. Étonnamment, c'est ce dernier point qui m'inquiète le plus.

Je me prépare rapidement pour aller annoncer à Lucia ma nouvelle idée. Celle-ci émerge juste de son lit quand elle m'ouvre sa porte.

« J'ai un mal de crâne épouvantable », gémit-elle en se frottant la tête.

J'escamote son mal de crâne et lui annonce mon plan. Lucia, qui s'était recouchée, se relève d'un bond sur son oreiller.

« Tu es complètement folle ! »

Je la regarde en souriant.

— Qui t'a mis cette idée stupide dans la tête ?

— Toi. Ou plutôt ton oncle. Le mal-aimé.

— Qu'est-ce que tu racontes ? Je ne comprends rien, se plaint Lucia en se tenant la tête.

— Ce que tu m'as raconté sur lui, voilà ce qui m'a donné l'idée.

Lucia me regarde sans comprendre un traître mot de ce que je lui raconte.

— Bon, je t'expliquerai plus tard, dis-je en riant.

— Tu es complètement frappée, et ton gentil commissaire va t'étriper.

— Justement, je cours le voir. On se retrouve plus tard ?

Lucia m'envoie un baiser de la main et plonge sous ses draps.

J'ai hâte d'annoncer au commissaire ma nouvelle idée, mais avant je veux me rendre au bureau des admissions de l'université pour confirmer mon inscription. En septembre, je serai officiellement étudiante.

Lorsque j'arrive à son bureau, le commissaire est caché derrière son ordinateur. Dès qu'il me voit, il se lève et me tend la main. Je m'assieds en face de lui en prenant soin de décharger son unique chaise de ses dossiers.

« Je veux vous parler d'une chose importante », lui dis-je.

Et je reçois toute son attention lorsque je lui dévoile mon plan.

« Ainsi, dis-je une fois terminé, je sauve ma mère qui retrouve sa place au village, et je récupère la mienne auprès d'elle. »

Le commissaire a les yeux écarquillés.

J'ajoute au passage que je sauve aussi l'honneur de la famille de l'Entrepreneur. Même si, de cela, je me fiche complètement.

— Je vous quitte silencieuse et boudeuse, et une nuit plus tard vous venez me voir avec un plan complètement tordu. Vous êtes complètement folle !

— C'est exactement ce que m'a dit Lucia.

— Lucia ?

— Ma voisine de chambre… et amie.

— Je suis heureux d'apprendre que vous avez une amie plus raisonnable que vous.

Je poursuis :

— Et ce matin, je me suis officiellement inscrite en première année de psychologie sociale à l'université.

Le visage du commissaire se radoucit, il est visiblement content de l'apprendre.

— Il aurait été stupide de ne pas continuer vos études, dit-il. Tout va rentrer dans l'ordre à condition bien sûr que vous réussissiez à tromper tout votre petit monde.

— Pour cela, accepterez-vous de m'aider une dernière fois ?

Le commissaire consent de la tête et ne peut s'empêcher de sourire.

— Décidément, vous en avez dans le ventre, finit-il par dire.

Je lui annonce que je compte me rendre rapidement à Vourno pour discuter avec l'Entrepreneur : le succès de mon plan dépend entièrement de sa volonté de m'aider.

« Pourquoi n'y ai-je pas pensé plus tôt ? C'était pourtant évident ! » dis-je en levant les mains comme pour marquer mon incompréhension.

Le commissaire secoue la tête : cette histoire finit par beaucoup l'amuser.

Au moment de quitter son bureau, il me rappelle de le tenir informé et me souhaite bonne chance.

Puis il me dit ces mots gentils quand je franchis le pas de sa porte :

« Je vais m'ennuyer sans vous, quand toute cette histoire sera finie. »

22.

Il fait toujours beau et chaud lorsque je repars pour Vourno. Nous sommes dimanche. Cela fait deux jours que j'ai pris ma décision, et ni le temps ni l'inquiétude soudaine de Lucia au moment de mon départ n'ont réussi à altérer ma volonté.

Le bus est rempli, et personne ne se retourne sur moi quand je descends seule au milieu de la route de montagne.

Le sentier qui mène au hameau m'est désormais familier et je parviens rapidement sur place. Je vais directement frapper à la porte de la maison dans laquelle la vieille mère m'a fait entrer à chaque fois. J'appelle en même temps que je donne des coups sur le battant. La porte finit par s'ouvrir sur le visage stupéfait de la vieille. Je la repousse à l'intérieur et demande à voir son fils.

D'un geste du menton, elle me désigne le couloir derrière nous. Son fils est dans la salle à manger et termine son repas.

« Un bouillon et une pomme, pas de quoi nourrir un homme », maugrée-t-elle en me suivant d'un pas traînant.

À mon approche, le fils relève la tête et délaisse son bouillon.

Je lui annonce alors fermement :

« J'ai besoin de vous. »

Je tente d'employer le même ton que ma mère, celui qui impose le silence et capte l'attention.

L'homme recule sur son tabouret à un pied. Que lui veut encore cette gamine ? Il lui a pourtant interdit de revenir, semble-t-il dire.

Il plisse les yeux pour tenter de mieux me cerner mais il n'y voit pas davantage. Alors il attend que je parle.

Sa mère, curieuse, s'est rapprochée. Elle s'appuie sur l'autre bout de la table en faisant toutefois attention de rester à bonne distance. Elle ne veut pas fâcher son fils et tend le cou pour entendre ce que *la petite fiancée* va dire.

Je ne la chasse pas, et pour elle je parle même un peu plus fort.

J'annonce que j'ai une idée, ou plutôt un plan. Et je répète à l'homme tout ce que j'ai déjà dit au commissaire, puis j'attends sa réaction. Mais, à ma grande déception, il récupère son couteau et commence à éplucher sa pomme.

Je reprends alors mes explications depuis le début, fournis plus de détails et argumente davantage. Puis je confesse que ma mère-monstre ne sortira de son lit que lorsque la promesse entre nos familles sera tenue.

« Elle ne guérira que lorsqu'elle verra sa fille partir du village au bras de l'Épervier, sous les regards admiratifs des voisines », dis-je encore.

Mais l'homme reste cruellement silencieux.

Piteusement, je me tourne vers sa mère pour y trouver un appui. Mais la vieille chèvre me regarde, interdite, comme si elle n'avait pas compris un traître mot de ce que je venais de raconter.

Je continue :

« Évidemment, notre mariage est impossible étant donné la situation. »

Et, avec un geste significatif, je désigne le dénuement de la pièce autour de nous. Je révèle enfin que ma mère ne peut pas connaître la vérité. Cela la tuerait. D'où mon plan.

L'homme hausse alors un sourcil et repose sa moitié de pomme dans son assiette.

Je répète cette fois en feignant l'enthousiasme.

« Nous ferons semblant. C'est simple. La promesse doit être tenue pour sauver l'honneur de nos familles, mais il n'est pas nécessaire qu'elle le soit pour de vrai. Il suffit que les montagnes le croient. »

L'homme hausse son deuxième sourcil.

Je murmure alors que nous saurons nous arranger avec notre conscience et notre estime de soi.

« Après tout, c'est une histoire qui ne regarde que nous. Par ailleurs, vous nous êtes redevables à bien des égards car vous êtes responsables de la situation de ma famille vis-à-vis du village. Aujourd'hui il ne s'agit plus d'argent mais de survie pour mes parents. »

Je redresse la tête en ajoutant :

— Vous pouvez vous racheter.

— Et, pour cela, nous devons nous marier ? m'interrompt l'homme.

— Oui, c'est inévitable pour le village.

Son regard se trouble.

J'ajoute rapidement que de cette façon nous serons quittes. Délivrés de nos dettes.

« Je sais que vous ne voulez pas de ce mariage. Vous ne voulez pas être un mendiant vivant aux crochets de ma famille d'éleveurs de moutons, vous l'avez dit à votre mère. Mais je vous le répète, nous ferons semblant. »

L'homme me regarde, captivé.

Je précise encore une fois pour être certaine qu'il a bien saisi le sens de mon plan.

— Il n'y aura pas de mariage, juste des fiançailles, cela suffira pour le village.

— Je suis recherché, me coupe l'homme. À peine aurais-je montré le bout de mon nez que la police me sautera dessus. Pas question de retourner en prison, même si j'y serai plus à l'aise qu'ici.

Alors je lui avoue que plus personne ne le recherche. À peine la police se souvient-elle encore de lui.

La nouvelle le laisse perplexe.

Forcément, il s'en doutait bien un peu. Mais de l'entendre, ce n'est pas pareil. Toutes ces années à se planquer pour rien…

À l'autre bout de la table, la vieille mère glapit déjà de joie. Elle n'en espérait pas tant de la petite fiancée. L'excitation de la vieille femme m'effraye, alors je lui rappelle durement que cette comédie n'a qu'un objectif : faire sortir ma mère de son lit.

Mes parents ne doivent jamais rien savoir de ce mensonge.

— Le monde entier doit l'ignorer !

Déçue, la vieille mère se renfrogne.

— Et qu'est-ce qu'on y gagne alors ?

— Comment ça ?

— Pourquoi est-ce qu'on t'aiderait ? Pour tes beaux yeux peut-être ? T'es qu'une sotte si tu crois que l'honneur est important quand t'as plus rien à t'mettre sous la dent. Alors, dis-nous, pourquoi est-ce qu'on ferait ça ?

Je suis estomaquée. La vieille bique est plus difficile à convaincre que son fils.

Je lui crie au visage :

— Pour racheter vos fautes ! Parce qu'à cause de vous ma mère est morte pour le village et que je suis morte pour elle.

— On s'en fout de ta mère, peste la vieille en haussant les épaules.

— Vous êtes mauvaise.

Elle ricane.

— Et parce que vous avez promis et que vous avez menti, dis-je en criant encore plus fort.

La main menaçante de l'homme au-dessus de ma tête me fait taire brutalement.

« Assez ! Taisez-vous, bonnes femmes ! » hurle-t-il.

Je sursaute tandis que la vieille chèvre se rembrunit.

L'homme me fait face.

— Ma mère a raison. Qu'est-ce qu'on y gagne ?

— Quoi ? Comment ça ?

— Tu viens de me dire que j'étais un homme libre, non ? Alors je te repose la question : qu'est-ce que je gagne à t'aider ?

Je n'avais pas imaginé que l'homme puisse demander une contrepartie. Je le regarde, incrédule. La vieille chèvre s'est rapprochée de son fils et exulte en me scrutant de ses yeux mi-clos.

« Je ne sais pas moi… votre honneur ? »

L'homme explose de rire.

Alors je lui rappelle que ma mère est malade.

— La mienne est vieille, me dit-il en balayant ma réponse d'un geste.

Je hasarde :

— Je pourrais dire à la police où vous vous cachez…

— La police ? Tu m'as dit toi-même qu'elle se fichait de moi. Et puis, elle est déjà au courant, non ?

Je m'effondre sur une chaise près de la vieille mère sans relever la dernière remarque de l'homme.

— Qu'est-ce que vous voulez alors ?

— J'ai une proposition à te faire, dit l'homme.

Et il attrape son tabouret pour s'asseoir.

— Celui qui t'accompagne, là dehors, et qui reste planqué dans sa voiture, il est bien de la police ?

— Qui ? Non ! Il n'y a personne.

— Ne te fatigue pas ! Ma belle-sœur te suit depuis plusieurs jours. Elle m'a dit que tu passais tes journées au commissariat. Si ça te plaît d'être en compagnie des flics, c'est ton problème.

— C'est juste un ami. Et puis, il n'a rien à voir avec vous.

L'homme grogne. Il sait bien que le policier planqué dans la voiture est inoffensif, sinon il serait déjà retourné en prison. L'homme vit peut-être dans un trou à rats depuis des années, mais il n'est pas devenu stupide.

— Pourquoi m'avez-vous laissée vous approcher si vous saviez qui il était ?

— Parce que, moi aussi, j'ai besoin de ton flic.

Je regarde l'homme sans comprendre.

« Je veux retrouver mon frère. Celui qui se planque dans le pays avec une partie de mon fric. »

Imaginer le commissaire se compromettre davantage dans

cette histoire est impensable. Il ne voudra jamais faire plus que ce qu'il a déjà fait, il est impossible de l'impliquer encore.

Je tente alors de dissuader l'Entrepreneur.

— Vous savez, il n'est pas très doué pour retrouver les gens.

L'homme éclate de rire. Je n'avais pas besoin de lui dire, s'esclaffe-t-il. Puis il me tend la main.

— Je t'aide si tu m'aides.

Je ne bouge pas. Je doute que le commissaire accepte de m'aider.

L'homme précise qu'il a seulement besoin de savoir où vit son frère. Rien de plus. Il ne s'agit que d'un nom, rien de très difficile ni de très compromettant. Ensuite, ce qui se passera entre eux ne regardera qu'eux. C'est une histoire de famille.

Il me fixe intensément et ne détourne même pas le regard quand sa vieille mère s'écroule brutalement de son tabouret. Je veux l'aider à se relever mais les yeux de l'homme m'empêchent d'agir. Je comprends la force de persuasion de son regard et me rappelle d'un coup ce qu'avait dit l'un des gardiens de la prison au journaliste après l'évasion. Il avait mentionné le regard de l'Épervier en disant que *sa voix et ses yeux étaient aussi convaincants qu'un pistolet.*

Je frissonne et me force à détourner la tête. Mais déjà la vieillarde se hisse à la table en se cramponnant de ses doigts. Je vois pour la première fois ses yeux malheureux embués de larmes. J'éprouve de la peine pour celle qui ne pourra pas empêcher un règlement de compte entre ses fils.

L'homme devient pressant.

— Un lieu ! Juste un lieu, insiste-t-il en me tendant la main.

Je me retourne alors vers lui.

— Mais pour cela je dois connaître votre nom. Je ne sais même pas comment vous vous appelez.

— Kelmendi. Dogan Kelmendi, dit-il en se redressant.

— Kelmendi. Kelmendi.

Je prononce doucement son nom avec la satisfaction d'avoir percé un nouveau mystère. *Kelmendi.* Je le répète en détachant chaque syllabe. *Dogan Kelmendi.*

Alors je plante à mon tour mes yeux dans les siens et lui serre la main.

— Affaire conclue.

Et j'implore en silence le commissaire pour qu'il ne m'abandonne pas.

23.

« Non, mais vous êtes complètement dingue ! »

Le commissaire hurle dans son bureau. Je le regarde s'agiter sans savoir où me mettre. C'est la première fois que je le vois si furieux. J'essaie de relativiser ma requête et le supplie de me faire confiance une dernière fois. Je touche au but. Il suffit de faire une recherche rapide dans les bases de données de la police, rien de bien compliqué. Ce sera facile puisque je connais enfin le nom de l'Épervier. Et peu importe ce qui arrivera pour les deux hommes, ce ne sera pas nos affaires.

Mais le commissaire ne m'écoute pas. Il est en colère. Il ne revient pas de ma bêtise.

— Vraiment, vous êtes trop stupide, me répète-t-il sans cesse.

Je l'implore de nouveau.

— Il ne demande qu'un nom : l'endroit où vit son frère. Rien d'autre…

Le commissaire arrête de gesticuler et me regarde longuement de travers. Puis, sans un mot, il quitte la pièce en claquant la porte derrière lui.

Par réflexe, je m'installe sur la chaise devant son bureau, la pile de dossiers que je ne sais pas où mettre est posée sur mes genoux, et j'attends que le commissaire revienne. Je me sens honteuse.

Moins d'une demi-heure plus tard, il est de retour et me tend un bout de papier.

« Vous allez finir par me causer des problèmes. Personne ne doit apprendre que j'ai aidé l'Épervier à retrouver son frère. »

J'acquiesce vivement et le remercie avant de déplier le bout de papier.

Saranda. Une station balnéaire dans le sud du pays.

Je promets :

« Personne n'en saura jamais rien. »

Je ne peux m'empêcher d'ajouter que tout le monde se fiche de l'Épervier, c'est lui-même qui me l'a dit. Il s'inquiète donc pour rien. En plus, il y a prescription sur cette affaire.

Le commissaire fait une grimace qui aurait pu s'apparenter à un sourire s'il avait eu envie de rire, mais il est très sérieux.

— Dans la police, on a besoin de se faire confiance, dit-il. Et les cachotteries de ce genre ne sont pas appréciées.

Alors, pour le remercier, je m'approche de lui et le serre dans mes bras.

— Merci pour tout ce que vous faites pour moi.

Je suis tentée de l'embrasser mais le commissaire me repousse doucement. Il est un peu gêné et préfère retourner s'asseoir derrière son bureau. Sa colère ne l'a pas tout à fait quitté.

« Allez-vous en maintenant. Allez mettre au point votre plan insensé. »

*

L'Épervier froisse le bout de papier dans son poing, puis le glisse dans la poche de son pantalon sans se départir de son sourire. Il est visiblement satisfait.

« Tu es la digne fiancée de l'Épervier ! » dit-il en éclatant de rire.

Puis il ajoute en me tendant la main :

« C'est d'accord, je vais t'aider, même si je ne crois pas beaucoup au succès de ton plan. »

Je dépose ma main dans la sienne et la serre.

« Comment comptez-vous duper votre petit monde ? demande-t-il une fois installé confortablement dans son fauteuil. Vois nos habits rapiécés, nos ongles sales et nos chaussures trouées. Mes mains tremblent de faim, ma voix n'effraie plus personne et mes gestes sont incertains. Je suis un homme affaibli. Je peux faire illusion auprès d'une gamine comme toi, mais auprès des autres ? »

Je souris.

Non, même auprès de moi, il ne fait pas illusion.

Mais je le rassure : je connais l'importance des apparences et je sais aussi qu'elles peuvent être trompeuses.

Dans un nouveau costume, il sera un autre homme. Alors, je propose de lui fournir de nouveaux vêtements, un savon et une lame aiguisée pour sa barbe, des ciseaux pour sa moustache et des chaussures bien cirées. Enfin, je compte sur l'effet de surprise pour masquer la triste réalité.

Je précise qu'il faudra qu'il use de gestes qui impressionnent et de mots qui font mouche. Comme autrefois.

« Ça vous embête ? »

L'homme répond que non, ça ne l'embête pas. Il jouera le rôle de l'Épervier une dernière fois.

24.

Deux jours plus tard, je retrouve l'homme et j'en fais un prince.

Dans une boutique de la ville, j'ai acheté en compagnie de Lucia des bijoux en toc, vulgaires et clinquants. Mon amie s'était réjouie de m'accompagner et avait blagué tout l'après-midi en papillonnant d'un magasin à l'autre avec un plaisir non dissimulé.

Au moment de nous quitter, Lucia m'a juré qu'elle serait là quand j'en aurai fini avec mon moineau tout pelé. Puis elle m'a serrée dans ses bras en murmurant :

« Tu n'as rien d'une rabat-joie, Nina. »

Pour le reste, le jeune commissaire a été une fois de plus mon complice. Il m'a prêté un costume déniché dans l'armoire de son père, une robe chipée dans les affaires de sa mère, et sa voiture noire dont il suffirait de faire vrombir le moteur exagérément pour créer l'illusion.

En échange, il m'a fait promettre de dîner deux fois avec lui quand toute cette histoire serait terminée. Une première fois pour que je lui raconte en détail la rencontre entre l'Épervier et mes parents, une seconde fois pour tout oublier et parler du reste.

J'ai confiance en cet homme qui m'a aidée dans ma quête

improbable. Grâce à lui, j'ai appris que les regards n'étaient pas tous meurtriers, et que l'on pouvait même se découvrir dans le regard de l'autre.

*

Dans la maison délabrée de l'Entrepreneur, j'organise la future rencontre. Celle qui le confrontera à mes parents et, par-delà les fenêtres ouvertes, au village tout entier.

Le souffle court, la vieille chèvre me tourne autour pendant que je m'occupe de *mon fiancé*. L'homme est particulièrement docile. Il se rase, laisse tomber ses vieux chiffons pour s'habiller de propre et accepte de mettre les bijoux de pacotille que je lui ai apportés. Il fait quand même la grimace en passant la gourmette dorée à son poignet.

Une fois prêt, il se présente devant moi. Quand je le vois apparaître dans son nouvel accoutrement, je reste bouche bée. Je retrouve sur son visage fraîchement rasé la moustache arrogante et bien épaisse, indissociable de l'image de l'Épervier. Même la sécheresse et l'usure de sa peau semblent avoir disparu de son visage.

Pourtant l'illusion est loin d'être parfaite. Il faudra compter sur l'émotion que suscitera son arrivée pour que mes parents ne voient en lui que ce qu'il était autrefois. Et que les retrouvailles ne s'éternisent pas trop longtemps…

De son côté, la vieille a enfilé la robe noire que je lui ai apportée et sautille de joie autour de la table en palpant le tissu qui ne comporte aucun trou.

Je ne peux m'empêcher de me demander à quoi ils ressemblaient lorsque j'avais sept ans et que ma mère a négocié mes noces. Certainement pas à cet homme épuisé dans son costume trop grand, ni à cette pauvre chèvre qui flotte dans sa robe trop large.

La pièce vide et poussiéreuse autour de nous n'aide pas à produire la mystification souhaitée, et je suis soudain inquiète, incapable de prononcer les paroles qui réconfortent.

Je passe de l'un à l'autre avec un air ennuyé, et la mère et le fils sont soudain embarrassés.

L'homme rit mauvais en secouant la tête.

« Ça ne marchera pas… »

Alors je leur offre un large sourire pour les convaincre qu'ils sont parfaits.

Avant de les quitter, je veux interroger l'Entrepreneur sur ses premières épouses. Les mortes. Que s'est-il passé ?

L'homme me regarde étonné mais ne semble pas embarrassé. Il hausse les épaules et respire bruyamment, puis il répond que sa première femme est morte en couche.

— Ça arrive. Le petit n'a pas survécu, dit-il simplement.

— Et votre deuxième épouse ?

— Elle a filé avec un homme plus riche et plus puissant que moi. Ça aussi, ça arrive…

Et j'entends la mère siffler dans notre dos : « Une traînée, celle-là… »

L'homme me regarde curieusement. Pourquoi est-ce que je raconte que ses deux femmes sont mortes ? Même si pour lui, en ce qui concerne la deuxième, c'est tout comme.

Je fais un geste d'ignorance.

Qu'avait-on encore imaginé au village au sujet de ces femmes ? C'est fascinant. Combien de mensonges a-t-on inventés et combien de faux-semblants planent encore au-dessus de nos montagnes ?

*

Je dois désormais retourner au village afin d'annoncer à mes parents l'incroyable nouvelle. J'imagine qu'ils n'en reviendront pas. Mais plus probablement, ils ne me croiront pas.

À force de raconter n'importe quoi, ma mère voudra me chasser de la maison, et mon père, contrarié, me répétera de ne pas faire d'histoires.

J'envisage devoir attendre patiemment que l'Entrepreneur fasse son entrée, accompagné de sa mère et de sa belle-sœur. « Une famille plus nombreuse pour mieux convaincre », ai-je suggéré. Et lorsque la voiture noire pénétrera enfin dans l'enceinte de la ferme, mes parents admettront cette fois que j'ai réussi : j'avais retrouvé l'Épervier et j'allais l'épouser.

L'Entrepreneur tiendra sa promesse, se réjouira le village. Et tous attendront patiemment son retour.

D'ailleurs le voilà qui s'avance. Il arrive.

25.

Trois jours. Cela fait trois jours que je l'attends, enfermée à la ferme de peur de le manquer, impatiente et effrayée à l'idée qu'il ne vienne pas. Je crains qu'il renonce à la dernière minute, persuadé qu'il ne réussira pas à tromper le village tout entier.

« Impossible de faire croire aux gens ce que je ne suis pas », s'excusera-t-il alors.

Je doute et j'attends.

Le visage collé à la fenêtre de la cuisine, je scrute la cour désespérément vide de la ferme, mon chat serré contre moi.

Dehors le ciel est mitigé.

À l'intérieur de la maison, il n'y a que le silence. Ma mère ne quitte pas sa chambre et mon père est absent, parti à l'usine. Plus le temps s'étire et plus je suis prête à m'incliner. J'ai échoué, je ne sortirai jamais de cette histoire, et la mère-monstre restera un monstre.

Lorsque je suis revenue à la ferme, il y a trois jours de ça, c'est tout le village qui s'est inquiété. Chassée par ma mère, pourquoi fallait-il que je revienne ?

« Cette gosse ne comprend décidément rien à rien, ou alors elle cherche les ennuis », dirent les gens.

Heureusement, un événement détourna l'attention du village : le lieu des prières brûla.

Au début, on a dit que c'était la petite fiancée qui portait la poisse. Le feu avait pris le soir même de son arrivée. C'était quand même une drôle de coïncidence.

Mais, très vite, on retrouva dans les cendres des bouteilles d'alcool brisées qui laissaient présager un accident causé par des jeunes venus se saoûler.

Le lendemain, tous les jeunes du village furent convoqués, sermonnés, certains même giflés. Et il importa peu que ceux qui n'y étaient pas soient également blâmés ; un jour ou l'autre, ils finiraient eux aussi par causer du souci aux Anciens du village.

Du lieu des prières, il ne resta rien.

On passa des coups de pelles sur les cendres encore chaudes et on aplanit l'espace en se disant qu'on y bâtirait autre chose, plus tard.

Heureusement, le vieux *Coutumier* fut retrouvé intact. Un miracle ! Transporté au café comme un grand blessé, il fut déposé sur le comptoir. Là, les vieux l'entourèrent, le caressèrent et l'embrassèrent tour à tour.

« Un véritable miracle », répétaient-ils tout tremblants.

Puis, pour éviter tous les accidents possibles et inimaginables à venir, les hommes décidèrent de l'enfermer dans le frigo du café. À l'abri des feux et du reste.

Les hommes étaient conscients qu'ils avaient été négligents avec leur livre depuis trop longtemps. Or, ce *Coutumier* qui regroupait toutes les règles ancestrales de leurs montagnes était le seul que possédait le village. Et à moins de recopier une à une ses pages, il n'y en aurait pas d'autre exemplaire.

Ou peut-être à la ville. Mais qui irait aussi loin pour en chercher un nouveau ?

Le livre sacré fut donc installé bien au frais, entre les saucissons, les fromages et les alcools du patron.

Depuis ce jour, notre *Coutumier* est confisqué, mais cela eut l'avantage de détourner l'attention générale et de faire oublier que j'étais de retour.

*

Et puis vient le quatrième jour.

Alors que je ne l'attends plus, la voiture noire pénètre à l'intérieur de la cour. J'en suis presque surprise.

Je me lève d'un bond, rejetant au sol mon chat mécontent, colle mon visage à la fenêtre et observe l'homme sortir de sa voiture. Il réajuste son costume et frotte ses chaussures sur l'arrière de son pantalon. Il jette enfin un coup d'œil en direction de la maison.

Je me précipite pour l'accueillir et, comme si je craignais le voir changer d'avis, je l'entraîne à l'intérieur de la maison et referme aussitôt la porte derrière lui. Je le dirige vers le salon tout en lui soufflant, éperdue de reconnaissance, un immense merci.

Je suis fébrile, j'ai les mains qui tremblent et j'ai du mal à croire qu'il soit là. Il est pourtant bien réel avec son costume prêté et sa moustache taillée.

Je murmure :

— Est-ce que vous allez bien ?

— Pas vraiment, non, répond-il.

— Ne vous inquiétez pas, lui dis-je alors que je suis moi-même terrifiée.

— Je ne m'inquiète pas. J'ai juste perdu l'habitude de tout ça… dit-il en désignant le salon autour de lui.

Il est mal à l'aise. Cela fait longtemps qu'il n'est pas entré dans une vraie maison, il a un peu oublié. Il ne sait pas où se mettre et hésite à s'asseoir sur le canapé.

Je lui apprends que mon père est absent, seule ma mère est à la maison.

« Cette fois, ce ne sera pas long de la faire sortir de son lit, lui dis-je. Et de ma gorge sort un drôle de petit rire nerveux. Je vais la chercher. Attendez-moi. Surtout, ne bougez pas de là. »

En passant devant le buffet, j'attrape le cadre en argent et le retourne face contre meuble. Je laisse l'homme et grimpe à l'étage. Dans ma poitrine, mon cœur bat si violemment que j'en ai le souffle coupé. Je dois m'arrêter un instant sur le palier pour reprendre ma respiration, puis je toque à la porte de ma mère.

J'entre sans attendre de réponse.

Il fait toujours sombre à l'intérieur et l'odeur fétide est persistante. J'avance à peine, mais grâce au plafonnier allumé du couloir, je distingue le corps amaigri de Desa étendu sur son lit.

Je n'entre pas plus avant dans la chambre et prononce à voix basse ces trois mots :

« Il est là. »

D'abord ma mère est surprise. Elle me toise longuement pour être certaine d'avoir bien compris, puis son visage exprime un étonnement plus grand encore. Elle se redresse dans son lit.

« Bien », fait-elle en me chassant d'un geste.

Je referme la porte et attends dans le couloir que ma mère se prépare.

Quand elle sort enfin, elle a délaissé sa vieille robe de chambre et porte une robe noire, longue et croisée sur la poitrine qui la fait paraître plus maigre encore. Elle a dissimulé ses cheveux épars sous un foulard de couleur.

Elle s'avance et, ensemble, nous descendons l'escalier et entrons dans le salon.

Au moment même où ma mère pénètre dans la pièce, je sens son corps se figer. J'observe furtivement les expressions de son visage, mais Desa ne laisse rien paraître. Après toutes ces années, elle réussit encore à maîtriser ses émotions.

L'Entrepreneur se tient au milieu de la pièce, jambes écartées, le dos droit, il tient les revers de sa veste entre ses mains et nous fixe avec assurance.

Le temps d'aller chercher ma mère, il a modifié son regard et sa posture, et je peux presque croire qu'il est de nouveau le fameux Épervier.

Je respire à peine lorsque ma mère s'avance vers lui, le port de tête hautain, la main tendue en avant. L'Entrepreneur la saisit doucement et la porte à ses lèvres sans la quitter des yeux.

Je ne m'attends pas, alors, à ce que Desa se retourne vers moi pour me signifier de monter dans ma chambre.

Ma mère me congédie.

Je ne peux pas le croire : comment ose-t-elle ? Comment peut-elle envisager me priver de cette rencontre ? Incrédule, je reste immobile, incertaine d'avoir bien saisi son ordre.

« Je t'appellerai quand tu pourras redescendre », s'impatiente ma mère sans quitter l'homme des yeux.

Je la regarde, ébahie, et je comprends que son ton ne tolère aucune résistance. Je quitte la pièce à pas lourds. Avant de monter l'escalier, je me retourne une dernière fois vers eux, interdite d'être exclue de cette première confrontation. Après tout ce que j'ai fait, je suis toujours considérée comme une gamine dont la présence est inutile.

Dans ma chambre, assise sur mon tapis avec mon chat, je suis de nouveau la petite fille de sept ans dont l'avenir fait l'objet de concertations privées.

Je grelotte.

Chassée de cette rencontre que j'ai pourtant organisée, je ne saurai rien de ce qui a été dit, ni de la façon dont ma mère et l'homme se sont comportés.

« *Tu t'attendais à quoi avec ta mère ?* », feule mon chat en se frottant contre mes jambes.

Adossée à mon lit, j'attends sagement que l'on m'appelle. Et pendant ce temps qui me semble interminable, je me prépare au pire. Je cherche déjà des excuses pour expliquer les raisons qui m'ont poussée à mentir et à organiser ces terribles retrouvailles. Je réfléchis à la manière dont je peux me racheter, pour autant que cela puisse être possible, puis je me raisonne, je n'aurai qu'à dire la vérité, même si elle blesse ma mère et me coupe d'elle à jamais. Demain, je partirai étudier, je retrouverai Lucia et le commissaire. Mais pour tout ce que j'ai accompli, je peux être fière. Alors peu importe ce qu'ils se disent en bas, peu importe si je suis démasquée, il n'est plus question d'avoir peur.

*

Ma mère m'appelle enfin.

Je dévale l'escalier et la retrouve assise à la table de la

cuisine. Seule. Un verre d'eau est posé devant elle qu'elle entoure de ses mains. Desa est songeuse.

L'homme vient de quitter la maison à l'instant et, par la fenêtre, je l'aperçois se diriger vers sa voiture. Je me rapproche pour coller mon nez aux carreaux, et tente de déchiffrer l'expression de son visage. Par chance, il jette un dernier regard vers la maison et, lorsqu'il me voit, il acquiesce discrètement de la tête pour me signifier que tout va bien.

Je lui souris en retour, soulagée, la paume de main collée contre la fenêtre dans un geste complice.

Dans mon dos, ma mère ne dit toujours rien. Déstabilisée par son silence, j'en oublie mes craintes et demande :

« Alors ? »

Desa hausse les épaules comme s'il n'y avait rien d'important à dire.

« Tu devrais venir lui faire un signe, il va partir », lui dis-je dans l'espoir de la faire réagir.

À mon grand étonnement, elle se lève et s'approche de la fenêtre. Au milieu de la cour, l'homme s'incline en la voyant apparaître.

Ma mère garde les sourcils froncés et les lèvres pincées. Qu'éprouve-t-elle après toutes ces années ?

Alors pour la faire sortir de son mutisme, je l'interpelle encore.

— Maman, regarde-le ! Regarde son beau costume. Et ses chaussures, comme elles brillent…

— Oui, j'ai vu.

— Tu as vu ses bijoux en or, la montre et la chevalière ?

— Oui, j'ai bien vu.

— Regarde, Maman, comme il a belle allure !

— N'insiste pas, je l'ai bien regardé, s'agace ma mère.

— Je ne m'attendais pas à un homme comme lui.

— Je te l'avais bien dit, ma fille. C'est un seigneur.

À travers la fenêtre, Desa ne quitte pas l'homme des yeux et l'observe encore lorsqu'il monte dans sa voiture. Puis elle se tourne vers moi.

— Tu as de la chance, ma fille. Remercie ta mère qui a permis cela.

— Oui, Maman, je te remercie.

— Et maintenant, tâche de t'arranger un peu, m'ordonne-t-elle en me jugeant de la tête aux pieds avec une grimace sévère.

L'Entrepreneur a promis de revenir la semaine suivante pour officialiser nos fiançailles. De leur rencontre, je ne saurai rien d'autre que ce rendez-vous fixé.

26.

Ma mère a sorti sa belle robe de satin bleu. Elle s'est maquillé les yeux, rougi les lèvres et s'est coiffée d'un chignon. Elle a mis du parfum, des chaussures à talons et elle s'est même épilé les jambes et les aisselles. Elle est belle et elle sent bon.

Elle n'a plus rien de la femme malade, vieillissante et revêche qui s'enfermait dans sa chambre à longueur de journée. Ma mère a mué le jour où l'Entrepreneur est revenu à la maison, elle s'est débarrassée de sa vilaine peau pour une plus jeune et plus éclatante, et affiche depuis un léger sourire.

Dans la cuisine, elle a disposé sur la grande table les verres et les gâteaux achetés pour l'occasion, et elle a mis les bouteilles de champagne au frais. Il n'est pas question de recevoir dans le salon car les fenêtres ne donnent pas sur la cour.

Coincé dans son unique costume, mon père s'impatiente et fait le dos rond. Il se tord les mains et se mord les lèvres.

« Si l'Entrepreneur nous fait faux bond, nous mourrons cette fois pour de bon », répète-t-il à tout bout de champ.

Déjà, une foule impatiente s'est rassemblée au-dehors.

Le village a été alerté par le boulanger. Une commande de gâteaux représentait une trop belle occasion pour Desa de propager la nouvelle. En déposant sa monnaie sur le comptoir, elle a juste glissé qu'elle attendait une personne très importante qu'elle n'avait pas vue depuis longtemps : les gourmandises devaient être parfaites.

Ma mère avait vu juste. Moins d'une heure après, tout le village savait que l'Entrepreneur allait revenir. Il était attendu. Cela ne pouvait être que lui.

Dans son coin, mon père piétine toujours. Il est bleu comme la robe de ma mère à force de retenir son souffle. Au début, il n'a pas voulu croire sa femme quand elle lui a raconté la visite de l'Entrepreneur, et aujourd'hui encore, il n'en revient pas.

« Comment cela est-il possible ? Après toutes ces années à attendre ? » avait-il marmonné, soudain inquiet pour la santé mentale de sa femme.

Mais, quand il voit la voiture de l'Entrepreneur enfin pénétrer dans la cour de la ferme, il se met à brailler :

« Tu avais raison, ça valait le coup de prier Teresa. Une vraie sainte, celle-là ! »

Je grimace. On oublie déjà que je suis celle qui a permis ces retrouvailles. À moins que ma mère ait omis de le dire à mon père…

Déjà, Algerk se précipite à l'extérieur pour recevoir le fiancé, les bras tendus en avant comme on accueille le messie.

Dans la cour, l'homme prend tout son temps. Il sort calmement de la voiture et ignore mon père qui s'agite autour de lui. Il ouvre la portière à sa mère à qui il tend la main pour l'aider à sortir, puis à sa belle-sœur. La vieille qui a été prise de tremblements depuis qu'elle a quitté le hameau paraît minuscule dans sa robe noire.

La belle-sœur est venue habillée pour l'occasion, moulée dans une jupe trop étroite et montée sur des talons trop hauts. Elle trottine derrière la seule famille qui lui reste, heureuse d'être là malgré tout.

Avant de pénétrer à l'intérieur de la maison, elle se retourne quelques secondes en direction du portail, interloquée d'y voir tant d'hommes et de femmes agglutinés.

Dès le matin, les gens ont afflué de tous les coins du village. Ils se sont pressés aux portes de la ferme pour ne rien rater de la rencontre. Les vieux ont couru malgré leur canne et, pour aller plus vite, les enfants ont grimpé sur les épaules de leur père. Les voisines, arrivées les premières, sont au premier rang.

Tous voulaient le voir. Tous voulaient être sûrs qu'il était vraiment revenu.

La voiture noire garée dans la cour fait toujours autant d'effet et personne ne remarque son capot cabossé et sa tôle abîmée.

Quand la porte de la maison se referme sur la belle-fille, le village retient sa respiration. Il inspire de nouveau lorsque Algerk ouvre les fenêtres de la cuisine. Tous sont dans l'attente fébrile qu'un spectacle extraordinaire se déroule sous leurs yeux.

*

À l'intérieur de la maison, je me fais toute petite.

Je n'ose pas regarder l'Entrepreneur dans les yeux, et je ne peux soutenir le regard de mon père sans éprouver de la honte. Je suis soudain spectatrice d'une comédie que j'ai moi-même écrite. Il m'est désormais impossible de revenir en arrière, et je ne peux qu'espérer que les comédiens seront à la hauteur de leur personnage.

Mon père démarre les festivités.

Il se poste à la fenêtre de la cuisine puis débouche une bouteille d'un faux champagne, un pétillant acide dont le bouchon s'échappe pour atterrir au milieu de la cour.

Les mêmes rituels pour faire oublier les années d'absence pendant lesquelles la ferme a été désertée par la famille du riche entrepreneur. Les mêmes gestes pour effacer la mise au banc des Merco.

Dehors, les hommes et les femmes soupirent d'envie. Et quand une voisine ouvre la bouche pour donner son avis, on la rembarre pour qu'elle se taise. Le village entier est concentré sur les bruits qui proviennent de la maison, il n'est pas question pour lui d'en perdre une miette.

Sur la table de la cuisine, les pâtisseries bien alignées attendent d'être mangées. La vieille mère est installée à table, sur une vraie chaise à quatre pieds, elle les a comptés avant de s'asseoir, tandis que nous restons debout, les uns en face des autres.

Mon père ose un toast.

« Aux fiançailles », dit-il sans joie.

Les verres remplis et levés sont aussitôt vidés.

Il débouche une seconde bouteille et fait sursauter le village tout entier. Il n'en fallait pas plus pour convaincre du succès de l'affaire.

La vieille mère tend son verre qu'Algerk remplit assidûment, et qu'elle vide aussi sec. À côté d'elle, la belle-fille sirote son mousseux tout en léchant les pâtisseries, vite imitée par l'Entrepreneur. La pièce se remplit alors des bruits de bouches et de gorges qui mastiquent et qui déglutissent.

Tous suent dans leurs beaux habits. On se regarde sans se parler, parce que personne n'a rien à se dire, et parce que personne ne sait finalement s'ils célèbrent des fiançailles, de simples retrouvailles, ou s'ils participent à une mascarade.

Je les regarde avec dégoût et fascination.

Ma mère ressuscitée mange avec rage. Elle sait que dehors tout le village est à l'affût. Elle a même eu l'audace de sortir quelques minutes sur le perron, sa coupe de champagne à la main, le temps de s'afficher dans sa belle robe de satin. Son allure de grande dame a suffi pour clouer le bec aux voisines.

Ma mère tient sa revanche, tandis que la vieille chèvre imagine faire une bonne affaire en fiançant son fils fauché à une famille où l'on fait sauter les bouchons sans compter.

La vieille ignore évidemment que c'est pour impressionner la galerie, et a oublié, à force d'excitation, qu'il s'agit d'une comédie.

Pas un ne se risque à ouvrir la bouche de peur de dire une bêtise et de gâcher ses chances de succès. Alors ils sourient, la bouche pleine de crème, ils remuent la tête et écarquillent les yeux pour dire leur contentement.

Dehors, les gens tendent l'oreille et rouspètent contre ceux qui respirent trop fort.

« Chut ! On entend rien, à la fin ! »

Puis ils finissent par s'étonner qu'aucune parole ne soit échangée.

— Vous entendez quelque chose, vous ?

— Ben non, et vous ?

Les femmes expliquent que l'émotion doit l'emporter. C'est toujours comme ça dans les grandes occasions. Les Anciens ajoutent que les mots importent peu. La promesse sera respectée et le mariage célébré, c'est la seule chose qui compte.

Alors tous soupirent de soulagement : le village va renaître. Les voisines n'ont pas oublié leur rêve de salon de coiffure, et les hommes leurs projets de nouvelles infrastructures.

« Elle a du ressort finalement cette petite. Somme toute, on a mal jugé la famille », regrettent maintenant les voisines.

Et personne ne songe à demander si, après toutes ces années, l'Entrepreneur est toujours riche.

Dans la cuisine, l'air devient pesant. On finit par s'ennuyer à ne rien se dire.

D'un geste brusque, ma mère dépose son verre sur la table et se plante devant l'homme.

« Maintenant, il faut choisir une date pour le mariage », exige-t-elle.

La brutalité de sa demande me surprend. Ma mère semble vouloir en finir avec ce sordide goûter d'après-midi. Sans se soustraire à son regard, l'Entrepreneur lui répond que l'été sera la bonne saison. Et je remarque qu'il utilise le même ton de voix que ma mère.

Il souhaite, si cela convient aux Merco, l'organiser à la ville dans un restaurant cher et chic tenu par l'un de ses associés. La noce sera à ses frais, cela va de soi. Il n'est pas nécessaire d'inviter le village mais, bien entendu, la nouvelle sera répandue sur tous les sommets.

« Pas un, ici, ne pourra ignorer l'événement. Tous en entendront parler ! » jure-t-il en levant la main.

Le mariage sera célébré comme l'indique le contrat, dans deux ans, lorsque la petite fiancée aura vingt ans. En attendant, elle continuera ses études, il serait dommage de l'en priver.

— Dans deux ans, répète ma mère.

— Dans deux ans, confirme l'homme.

Une photo doit être prise. Il faut immortaliser le moment, garder la preuve de l'événement au cas où le lendemain on se réveillerait en doutant qu'il ait réellement eu lieu.

Mon père sort son vieux Polaroid. Par chance, il a conservé des pellicules et se souvient de la manière dont fonctionne le retardateur.

On se serre autour de la vieille mère. Le fiancé est placé derrière elle, ma mère d'un côté et moi de l'autre. La belle-fille à la gauche de la fiancée.

Impatient de figer l'instant, mon père donne des instructions rapides pour faire entrer dans le cadre notre nouvelle famille réunie.

« Souriez ! » ordonne-t-il une dernière fois avant de courir se placer derrière sa femme.

Une fois l'image fixée, le cliché sera glissé dans le cadre en argent, et remplacera le vieux bout de papier décoloré par le temps. Peu importe la réalité, pourvu que la photo soit belle.

La famille de l'Entrepreneur quitte enfin la ferme. Les embrassades se font au milieu de la cour sous le regard affamé du village.

Puis le moteur fait vibrer les fenêtres et les gens s'écartent pour laisser passer la voiture noire. Au moment de dépasser le portail, la belle-fille trouve amusant d'ouvrir sa fenêtre et d'y agiter son bras pour les saluer.

Une voisine plaisante d'une voix heureuse :

« C'est une vraie star, celle-là ! »

27.

Je suis épuisée. Je voudrais pouvoir téléphoner à Lucia et rire avec elle de ma drôle de journée, mais je suis surtout impatiente de retrouver le commissaire. J'ai réussi grâce à son aide, il sera donc le premier à être informé. Mais, pour cela, je dois attendre de rentrer en ville. Et quand je le verrai, je me promets de l'appeler Marius.

J'aide mes parents à ranger. Je remarque à leurs gestes qu'ils sont encore sous l'emprise de la présence de l'Entrepreneur et de ce qui vient de se jouer dans leur cuisine.

Mon père est sonné. Il range la vaisselle comme un automate, tandis que ma mère est animée d'une joie féroce, un sourire victorieux sur le visage.

Peu de paroles ont été échangées mais l'essentiel a été dit : le mariage sera célébré. À la ville.

Je remercie silencieusement l'Entrepreneur pour cette idée géniale. Le village et mes parents ne soupçonneront jamais que le mariage n'aura jamais eu lieu, alors que de nombreuses rumeurs circuleront sur l'incroyable fête et ses prodigieux invités.

Desa, malgré ses larges cernes sous les yeux, semble satisfaite. Quant à Algerk, bien qu'il affichait un air malheureux à force de regretter la promesse liant sa fille à un homme inconnu et bien plus âgé qu'elle, il a désormais une mine réjouie. Quand il regarde sa belle femme ressuscitée, il est si bouleversé que le sort de sa fille ne lui semble finalement pas si terrible. Après tout, l'Entrepreneur a l'air d'un homme très convenable.

Nous finissons de ranger la cuisine en silence, chacun revivant les moindres instants de cet incroyable après-midi. Devant le village réuni, il était revenu.

Toutes ces années à attendre n'ont finalement pas été vaines, pensent le père et la mère.

Cet après-midi les a transportés une décennie en arrière, à l'heure du contrat et des poignées de mains serrées. Et voilà qu'on y était. Leur fille de sept ans allait bientôt avoir vingt ans et était prête à se marier.

Je devine parfaitement le fil de leurs pensées.

Les pâtisseries et le faux champagne ont effacé aussi efficacement les années de désolation, les rancœurs, le chantage de la mère et la faiblesse du père. Effacés aussi les mesquineries et le mépris du village.

Oubliées les années pendant lesquelles la petite fiancée a été chassée de la maison, trop perturbante pour la mère, à qui elle rappelait l'absence de l'homme.

Ma mère ne me demandera jamais pardon, et je doute qu'elle me remercie un jour d'avoir retrouvé l'Entrepreneur.

« Son retour était prévisible et faisait partie du contrat », affirmera-t-elle.

Et elle ajoutera, parfaitement sûre d'elle, que c'est un homme d'honneur, voilà tout.

Dès ce jour, à la minute même où la voiture noire est entrée dans leur cour, mes parents ont su qu'ils faisaient de nouveau partie du village.

Comme autrefois, les voisines viendront dans la cuisine. Ma mère leur offrira du thé et des gâteaux, et ensemble elles commenteront les potins du jour.

Et Desa, trop heureuse de les recevoir, pardonnera leur perfidie en se convaincant que c'est de l'histoire ancienne.

Grand bien lui fasse.

28.

Le lendemain, c'est à mon tour de quitter la ferme.

À l'heure du départ, mon père m'embrasse chaleureusement. Puis ma mère me raccompagne jusqu'au seuil de la maison. Je ne sais pas si je dois la prendre dans mes bras ou simplement lui dire au revoir. Nos années de distance ont laissé des traces indélébiles et nous ont fait oublier les gestes les plus simples.

Je me décide à embrasser ma mère, mais celle-ci se recule et attrape ma main. À l'intérieur, elle y glisse un petit bouton qu'elle a ramassé sur le sol.

Un bouton noir, usé et écorné.

Je regarde, hébétée, le bouton déposé dans le creux de ma paume, et sens un courant d'air froid pénétrer à l'intérieur de mon corps.

Ma mère sait.

À voix basse, elle m'annonce qu'elle a compris le jour même où elle a vu l'Entrepreneur au milieu de notre salon. « *Un clochard déguisé en notable.* »

Elle n'a rien dit et m'a laissée faire. Pour voir. Pour comprendre mes intentions, avec l'espoir que sa fille qui vit à la ville était un peu maligne. Elle m'a laissée aller au bout de mon plan. Au bout de mes mensonges.

Elle a fait de moi sa complice dans son entreprise de réhabilitation, et m'a laissée berner mon père et le village tout entier.

« Regarde-moi. Arrête de baisser les yeux quand je te parle », ordonne-t-elle.

Je relève la tête, honteuse, convaincue de lire une fois de plus la déception et le mépris dans son regard.

Mais ce que je vois est tout autre. Ma mère me sourit, légèrement. Alors peu importe la vérité, peu importe les mensonges proférés, et peu importe la comédie jouée, je me fiche de tout parce que rien ne vaut le sourire satisfait de ma mère sur moi. Je suis heureuse. Je ne me suis jamais sentie aussi proche d'elle. Nous sommes complices pour la première fois. Ensemble, nous avons joué un sacré tour aux voisines.

Et malgré l'émoi du moment, je ne m'attends pas à l'entendre murmurer :

« Je te remercie. Tu as fait ce qu'il fallait pour que le contrat soit honoré. Maintenant, laisse la vieille et son fils dans leurs ruines et retourne étudier à la ville. »

Ma mère marque un silence, puis elle ajoute d'un ton grave :

« Personne ne doit jamais rien savoir de cette supercherie. »

J'acquiesce rondement de la tête et soupire de plaisir. J'éprouve une émotion profonde. Un bonheur intense d'avoir été à la hauteur de ses espérances.

Je la regarde alors cette fois bien en face, avec l'envie de me jeter dans ses bras, jusqu'à ce qu'elle prononce ces mots qui me glacent :

« Ne reviens pas, Nina. Et n'oublie jamais que nous ne sommes que ce que les autres disent que nous sommes. »

Des années plus tard

J'ai respecté la promesse faite à ma mère. Je ne suis jamais retournée au village.

Deux ans après les fausses retrouvailles, une rumeur s'est répandue à travers nos montagnes : l'Entrepreneur et la petite fiancée s'étaient mariés.

La réception avait été somptueuse. Il y avait eu de nombreux invités, venus par centaines des quatre coins du pays les bras chargés de cadeaux. Des fleurs et même des pièces d'or avaient été jetées sur les mariés. Ce fut une fête inoubliable. Ceux qui y étaient s'en souviendront longtemps.

À cette même époque, j'ai reçu une carte postale. Elle venait de Saranda. D'un côté de la carte, il y avait l'image d'un bord de mer avec des baigneurs aux visages heureux. De l'autre côté, une simple signature : *Ton fiancé.*

J'ai souri en lisant la dédicace. J'ai imaginé que l'Entrepreneur était parti à la recherche de son frère, entraînant avec lui sa vieille mère, et que, peut-être, il lui avait réglé son compte. Je ne le saurai jamais.

J'ai gardé sa carte en souvenir. Je l'ai coincée à l'intérieur d'un livre comme marque-page.

Après cela, je n'ai plus jamais entendu parler de lui. Mais je lui suis toujours reconnaissante d'avoir respecté sa promesse. Grâce à lui, les montagnes parlent encore de nous.

Le lendemain de la fameuse rencontre, j'ai retrouvé Lucia-la-vie-est-une-fête qui est toujours mon amie la plus chère. Puis je me suis précipitée chez le commissaire pour ne plus le quitter. Il est ma nouvelle famille. Les soirs de générale, nous allons au théâtre dans une loge réservée par sa mère, sinon nous regardons de vieux films à la télévision.

Les montagnes s'éloignent progressivement de moi. Cela fait presque cinq ans que je n'ai pas vu leurs sommets.

Mais il y a un mois de ça, j'ai décidé de rompre ma promesse et d'aller à la ferme.

Je venais de terminer mes études et je voulais annoncer à mes parents que j'étais enceinte. J'allais être mère, il fallait que je me confronte à Desa une dernière fois. Peut-être pour conjurer le sort de la mère-monstre. Peut-être pour lui montrer que j'avais une vie à moi. Je ne veux pas interpréter les raisons qui me poussèrent à rentrer.

Je suis partie seule. Mes parents ne connaîtront jamais Marius.

Lorsque j'ai poussé la porte de la ferme, j'ai senti que l'air à l'intérieur de la maison avait changé, il était devenu plus léger, plus respirable. Mes parents ne semblaient pas fâchés de me voir, je peux même prétendre qu'ils étaient heureux.

Quand ma mère a remarqué mon ventre arrondi, elle s'est esclaffée et m'a tirée par le bras en direction du village : il fallait que les voisines sachent.

Et le soir, lorsque je les ai quittés, aucun ne m'a demandé qui était le père de mon enfant à naître. Je ne leur en veux pas. Qui cela pouvait-il être en dehors de l'Entrepreneur ? Ce jour-là, j'ai eu la certitude que ma mère avait fini par croire à notre propre mensonge et qu'elle était heureuse.

Déjà parus dans la même collection

La Vieille Dame qui voulait se jeter du rez-de-chaussée, Bruno Boniface

L'Homme qui courait après son nez, Gérald Cahen

Les Trois Sœurs qui faisaient danser les exilés, Aurélia Cassigneul-Ojeda

Le Temps d'une île, Thierry Clech

Un été à quatre mains, Gaëlle Josse

Dans les yeux de Mona Lisa, Alain Le Ninèze

L'Énigme Gerstein, Alain Le Ninèze

Les Chasseurs dans la neige, Jean-Yves Laurichesse

Nique ta mère la mort, Marion Lecoq

Olya, Michel Louyot

Makoro, Florence Malmassari

L'Âge fragile, Valérie Mollière

Le Destin d'Anna Pavlovna, Alekseï Pisemski

Exil ordinaire d'un jeune Afghan, Giovanni Privitera

Rue Blondel, Valéry Sauvage

Au café d'Éole, Dimítris Stefanákis

Aussi sacrée que le Gange, Didier Thurios

L'Enfant loup, Jean-Frédéric Vernier

Achevé d'imprimer par Corlet
14110 Condé-en-Normandie
N° d'imprimeur : 20120160
Imprimé en France